H. A. Becker

Die Stör
Der Stör

Amüsantes und Wissenswertes über den Fluss und den Fisch

Becker, H.A.

Der Stör - Die Stör / H.A. Becker

Alle Rechte liegen beim Autor

Herstellung: Books on Demand / Norderstedt
Umschlag: Heidi Andresen / Itzehoe

ISBN   **3 - 8311 - 3833 - 8**

Hallo – liebe Stör-Freunde!

vor Ihnen liegt ein Büchlein mit einer ganz eigenartigen Geschichte. Als mich ein guter Freund ansprach, ob ich nicht Lust hätte eine Geschichte über die Stör und den Stör zu schreiben, wusste ich lediglich, dass ich seit Jahrzehnten an diesem Fluss lebe und der Stör ein Fisch ist; nicht mehr und nicht weniger. Sie müssen zugeben, dass das nur insofern überwältigend war, so weit es meine Unkenntnis betraf. Mit diesem Nichtwissen behaftet ein Buch zu schreiben, erschien mir dann doch recht illusorisch. Mein Freund tröstete mich mit dem Hinweis, dass es höchstwahrscheinlich vielen Menschen links und rechts der Stör ebenso erginge wie mir.

Also machte ich mich an die Arbeit. Bald stapelte sich auf meinem Schreibtisch alle nur mögliche Literatur über die Stör und den gleichnamigen Fisch: - Fachbücher, alte Schriften, Chroniken, Jahrbücher und Referate. Und beim Lesen geschah etwas sehr Merkwürdiges: - Je tiefer ich in die Materie eindrang, um so mehr wurde ich von ihr gefesselt. – Das ging sogar so weit, dass ich meine häuslichen Pflichten vernachlässigte und mir von meiner Frau die ‚gelbe Karte' gezeigt wurde, wenn Sie wissen, was ich damit meine. Mit dieser Verwarnung kam System in das Geschehen und die Schreibmaschine trat in Aktion. – Mein Freund freute sich diebisch über meinen Eifer, meine bessere Hälfte lenkte ein und ich stand vor einem neuen Problem: - Wie sollte ich alle diese wissenschaftlichen Abhandlungen so verständlich zu Papier bringen, dass sie jemand verstehen und auch noch Freude am Lesen haben kann, dem dieses Thema fremd ist?

Was dabei herausgekommen ist, liegt nun vor Ihnen. Ich wünsche mir und Ihnen, dass Sie von der Stör und dem Stör ebenso fasziniert sind, wie es mir erging. – Viel Freude beim Lesen!

H.A. Becker

Unsere Stör

ist doch ein wunderschöner Fluss. - Und nicht nur das! - Gleich einer Leben spendenden Ader fließt sie durch unser Land. Beeindruckend, wie sie sich aus dem Mittelholsteinischen durch die Geestlandschaft windet. Anfangs durch Wiesen und Weideland, danach vorbei an den Wäldern des Naturparks Aukrug, unter alten und neuen Brücken hindurch und vorüber an sehr alten Burgen und noch älteren Siedlungen. Ihr Wasser bespült jedoch auch irgendwie befremdet und mahnend die nicht sehr alten, aber um so nichtsnutzigeren, grauen und baufälligen Industrieruinen, bevor sie sich in mäanderartigen Bögen durch die Marschlandschaft auf ihre größere Schwester, die Elbe, zu bewegt. Wir kennen sie alle, die wir an ihren Ufern unsere Zelte aufgeschlagen haben. Auch Wanderer, Angler und Segler; nicht zuletzt die Schiffer der Lastkähne und Küstenmotorschiffe sehen sie täglich. - Aber kennen wir unsere Stör wirklich?

Wir wissen, dass die Stör mit ihren vierundachtzig Fließkilometern der größte holsteinische Nebenfluss der Elbe ist. Aber wussten Sie auch, dass eben diese Stör von ihrem Quellgebiet bis zur Mündung mehr als 64 000 Hektar landwirtschaftlicher Nutzfläche entwässert und damit als gewaltiger Vorfluter für eine ertragreiche Vieh- und Landwirtschaft sorgt? - Den Einheimischen ist bekannt, dass ihre Stör mit der Geest und der Marsch zwei charakteristische Landschaftsteile Schleswig-Holsteins, des Landes zwischen den Meeren, durchfließt. Die Wenigsten haben jedoch davon gehört, dass etwa 700 Kubikmeter Wasser in nur einer Sekunde die Störmündung durchströmen; und das bei einem ganz normalen Ebbstrom!

Von der Schönheit unseres Flusses und seinen vielgestaltigen Ufern kann man nur schwärmen, wenn uns auch im Unterlauf hohe Deiche die Weitsicht vom Wasser über das Umland verwehren. Über die Qualität des Störwassers mussten wir jedoch lange Zeit die Nase rümpfen. Die Angler konnten früher ein Lied über die Verschmutzung der Stör singen. Dass unser Fluss bereits seit Ende des achtzehnten Jahrhunderts durch Industrieabwässer verunreinigt wurde, wissen nur die Wenigsten. Die Verseuchung des Störwassers mit chemischen Abwässern führte sogar so weit, dass die Stör noch bis zur Mitte des vorigen Jahrhunderts zu den am stärksten verschmutzten Wasserläufen der Bundesrepublik gehörte. - Haben Sie das gewusst? - Die Verunreinigungen waren sogar so stark, dass Anfang des 19. Jahrhunderts die Fischerei auf der Stör zum Erliegen kam. - Doch vorerst Schluss mit dieser Horrorszenerie.

Über unsere Stör gibt es so viel an Schönheiten und eindrucksvollen Begebenheiten zu erzählen, dass wir gemeinsam einen gewaltigen Sprung in die Vergangenheit unternehmen sollten, hin zum Ursprung der Stör, vor etwa zehntausend Jahren. Schließen wir einfach die Augen, lassen unserer Phantasie freien Lauf und versetzen uns gedanklich in die Eiszeit: - Weit und breit kein Lebewesen, das unsere Mutter Erde verunreinigt. - Nur wir stehen als winzige Menschenkinder vor einer blau und silbrigweiß glitzernden Eiswand, die nach beiden Seiten kein Ende findet und sich irgendwo in der Ferne verliert. Diese Eisbarriere ist so hoch und gewaltig, dass sich ihre Konturen oben mit dem Himmel vermischen. Ein gewaltiger, bizarr geformter Gletscher mit übereinander geschichteten Platten und Blöcken, die uns erschauern lassen. Wir sehen turmhohe Pyramiden und gezackte Spalten, deren Tiefe man nicht ermessen kann. So weit das Auge reicht, nur Eis, Eis und immer wieder Eis. Wir ahnen, dass unter diesem gigantischen Koloss aus gefrorenem Wasser jegliches Leben zermalmt sein muss. Und dennoch schläft in diesen gefrorenen Massen Leben, was uns sehr unwahrscheinlich vorkommt.

So stellt sich vor etwa 10000 Jahren, zum Höhepunkt und Ende der letzten Eiszeit, der riesige Gletscher dar, der sich, aus Skandinavien kommend, über das ganze nordeuropäische Festland geschoben hat. Das Ungetüm aus Eis brach Gesteinsmassen aus der Erdkruste und schob sie als Moränen vor sich her. In Schleswig-Holstein kam diese nicht überschaubare Eisfläche etwa in der Mitte des Landes zum Stehen.

In den folgenden Jahrtausenden, als die Wärme der Sonne die Gewalt des Frostes allmählich brach, kam es irgendwann, am Fuße der Eiswand, zur Geburtsstunde unseres Flusses, der Stör. Weite Seen aus Schmelzwasser, in denen riesige Eisfelsen dümpelten, stauten sich am Fuße der Gletscherbarriere auf. Diese Wassermassen brachen sich dann einen Weg; den Weg des geringsten Widerstandes. Das Urstromtal der Stör wurde, im wahrsten Sinne des Wortes, vom Schmelzwasser ausgefräst. Lassen wir doch einfach unsere Vorstellungskraft mit uns durchgehen und folgen den Wassern der Ur-Stör. Dann werden wir erkennen, wie die aus dem Eis entspringenden Schmelzwasser sich tosend über den Geestrücken wälzen und irgendwann auch die Ur-Bramau aufnehmen. Anscheinend hat dieser Strom Kraft genug, die Ur-Stör aus ihrer süd-westlichen Richtung nach West-Nord-West abzudrängen. - Was das für eine Bedeutung für den Unterlauf der Stör hatte, werden wir in der Folgezeit erkennen. - Die Ur-Stör überflutet die tiefer gelegenen Landstriche. Ihr Flusstal wird immer breiter. In den Marschen bildet der Fluss zuletzt eine schier unübersehbare Wasserfläche, die sich übergangslos mit der Elbe vereint und von der Nordsee aufgenommen wird.

Eine Vorstellung, die uns mit Ehrfurcht erfüllt.

An dieser Stelle sollte, ganz kurz nur, eine sprachliche Spielart eingeflochten werden, die uns die Augen für Zusammenhänge öffnen könnte. Zum anderen sollten wir nun die Dinge wieder etwas realistischer betrachten. Wie kam es zu der Bezeichnung 'Stör'? - Der Name 'Stör' leitet sich von dem altenglischen Wort 'styrian' ab, was übersetzt soviel wie starkströmender oder großer Fluss bedeutet. Auch vom skandinavischen 'stor' wird der Name abgeleitet. Schon jetzt sei darauf hingewiesen, dass uns dieser Begriff noch des öfteren und dann in einem äußerst interessanten Zusammenhang begegnen wird. Denn, eine Frage ist bis heute nicht beantwortet worden: Wurde unsere Stör nach dem gleichnamigen Fisch benannt, oder umgekehrt? - Doch nun wieder zurück in die Vergangenheit:

In den Jahrtausenden, die der Geburtsstunde der Stör folgten, zogen sich die Eisberge immer weiter nach Norden zurück. Ihr Schmelzwasser speiste auch nördlich von uns gelegene Wasserläufe, wie zum Beispiel die Eider. - Wir bleiben jedoch bei der Stör, was uns die Nachbarn im Norden verzeihen mögen. - Das Schmelzwasser aus dem Gletscher wurde im Laufe der Zeit weniger, die Strömung der Stör beruhigte sich und irgendwann nahm das Flussbett eine ähnliche Gestalt an, wie wir sie aus der Gegenwart kennen. - Eine ähnliche Gestalt! - Die Mäanderform des Störlaufes hat sich in Jahrtausenden nur wenig verändert.

Und wie sah es an den Ufern und der weiteren Umgebung, des Flusses aus? - Weite morastige Flächen und dichter, undurchdringlicher Wald, der 'Isarnhoe', prägten die Landschaft. Ein Geschichtsschreiber berichtet, 'daß ein Eichhörnchen von Jütland bis zur Elbe von Baum zu Baum hüpfen konnte, ohne den Erdboden zu berühren'. - Die ältesten Funde, die auf eine Besiedlung der Landschaft beiderseits der Stör hinweisen, stammen aus der eiszeitlichen Jägersteinzeit vor etwa neuntausend Jahren. Das Bruchstück eines aus der Oldendorfer Gegend stammenden Faustkeiles und andere Funde deuten auf mittelsteinzeitliche Siedlungen hin. Damals lebten die Menschen von der Jagd, vom Fischfang in der Stör und von wilden

Früchten. Bis etwa 750 nach Christi war die Region um die Stör bis auf kleine Restgruppen der Angeln und Sachsen unbewohnt. Erst danach erfolgte eine Neubesiedlung, wieder durch die Sachsen, die in dem unwirtlichen Land versuchten, Fuß zu fassen. Sie kamen über die Elbe und siedelten bis hinauf zur Eider, rodeten die Wildnis und betrieben Ackerbau und Viehzucht. Und sie waren Krieger. Der Name 'Sachse' leitet sich von ihrem gefürchteten Schwert ab, der 'Sax'. Sie selbst wurden fortan als 'Holtsaten' bezeichnet. In dieser Zeit wurde auch der sogenannte 'Limes Holsata' geschaffen, um die von Norden vordringenden Jüten und Goten sowie die aus Osten herandrängenden Slawenstämme der Wenden und Abodriten aufzuhalten.

Geschichtsforscher zweifeln nicht daran, dass an dem Punkt, wo die große Störschleife das Geestland berührte, schon lange vor Christi Geburt eine Besiedlung lag, deren Bewohner den Fluss als Verkehrsstraße nutzten. Nördlich der Stör lag noch 'Feld', das 'Etzefeld' oder 'Esesfeld'. Hier entstand eine Siedlung. Und das war etwa zu der Zeit, als der Frankenherrscher Karl der Große die ehemaligen Herren des Landes, die Sachsen, besiegte.
Wagen wir doch noch einmal ein kleines Wortspiel: - Wenn die Begriffe 'itze' oder 'etze' mit Wasser oder Bach, und die Bezeichnung 'hoe' oder 'ho' mit Wald oder Hügel übersetzt werden, dann wären wir dem Namen der Stadt Itzehoe ein großes Stück näher gekommen. - Doch verlieren wir uns nicht in Mutmaßungen.

Die Völkerwanderung wirbelte die germanischen Stämme arg durcheinander. Dass sich die Sachsen und Angeln südlich und nördlich der Elbe festgesetzt hatten, ist eine geschichtliche Tatsache, die möglicherweise manchem eingefleischten Holsteiner nicht gefallen wird. Aber ausgerechnet die Sachsen waren es, die sich zwischen 800 und 875 nach Christi Geburt der Ausbreitung der Franken unter Karl dem Großen vehement widersetzten. Sie waren übrigens auch die letzten Germanen, die mit Gewalt zum Christentum 'bekehrt' wurden. Das Sachsenreich wurde vernichtet. Trotzdem kam es unter dem sächsischen Adligen Widukind immer wieder zu Aufständen. Die Folge waren nicht nur Hinrichtungen, wie sie offenbar jeder Krieg mit sich bringt. Angeln und Sachsen wurden von Karl dem Großen auf die große Insel, das damalige Britannien, deportiert, wo sich schon mehrere hundert Jahre zuvor ihre Landsleute an der Eroberung der Insel beteiligt hatten. Die ersten Sachsen mussten ihre Heimat verlassen, weil ihr Land immer wieder von Überflutungen heimgesucht wurde. So lässt sich erklären, dass es in England heute sieben Flüsse gibt, die 'staur' heißen und möglicherweise auf den Namen unserer Stör zurückzuführen sind.

Und damit sind wir wieder bei der Stör und den im Holsteinischen herrschenden Franken unter Karl dem Großen. Wie es damals in den unerschlossenen Weiten links und rechts des Flusses ausgesehen hat, können wir uns nur vorstellen. - Die Wege, wenn es denn überhaupt zu dieser Zeit schon solche gab, waren äußerst mangelhaft, unsicher und schwer zu befahren. In den Geschichtsbüchern wird sogar von Räuberbanden berichtet, die das Land unsicher machten. Was blieb den Ureinwohnern und auch den Eroberern anderes übrig, als die natürlichen Wasserwege zu benutzen. Hinzu kommt, dass die Sachsen von alters her ein seetüchtiges Volk waren. Die Stör zeigte ihnen den Weg und wurde damit zur Wasserstraße.

Blättert man nun in den Geschichtsquellen des 9. Jahrhunderts, so wird in den fränkischen Reichsannalen unsere Stör als super ripam sturiae bezeichnet, was mit 'großer Fluss' übersetzt werden kann. Auch der Ort 'Badenfliot', das heutige Beidenfleth an der Stör, wird erwähnt. Es wird geschrieben, dass die

Gesandten Karls des Großen und seines ebenso kriegerischen Nachbarn im Norden, die Mannen Gottfrieds von Südjütland, den Wasserweg längs der 'sturia' benutzten. Sie kamen von Süden beziehungsweise von Norden, um sich 809 in Badenfliot zu treffen. Weiter heißt es in den Annalen, dass beim Hinaufdringen auf diesem Fluss die von einer Halbinsel desselben gebildete Schleife den kriegerischen Franken als geeigneter Ort erschien, dort einen befestigten Platz zu errichten. Um 810 entstand hier die Essefeldoburg, als Stützpunkt des fränkischen Reiches gegen die feindlichen Dänen.

Wo war das ?- Über den genauen Ort dieser Burg herrscht erst seit kurzem Klarheit. Historiker verlegen diesen Platz auf eine Geestinsel in der Nähe der Oldenburgskuhle bei Heiligenstedten. Wir folgen den Franken durch die Windungen der Stör flussaufwärts. Sie gelangten an die erwähnte Schleife des Flusses und erkannten ihre strategische Bedeutung. Ringsum von Wasser geschützt, ließ sich dieser Platz ideal verteidigen. Sowohl gegen die von Norden drängenden Dänen als auch gegen die von Osten immer wieder angreifenden slawischen Stämme der Abodriten.

Zum Bau der Essefeldoburg unternahm Karl der Große gewaltige Anstrengungen. Er beorderte aus dem Sächsischen und Fränkischen Ritter mit ihrem Gefolge sowie große Mengen an Material an die Stör. Unter dem Kommando des Grafen Egbert benutzten die anreisenden Krieger den Wasserweg über die Elbe und von dort die Stör hinauf bis zur Baustelle. Unser Fluss wurde zum Transportweg. Jahrzehnte später wurde dieser befestigte Ort aufgegeben. In der Störschleife des heutigen Itzehoe entstand eine weitere Burg, von der nun die Rede sein wird:

Die zentrale Bedeutung dieses befestigten Platzes an der Stör wurde dadurch unterstrichen, dass sich hier vier Heer- und Handelswege kreuzten. Somit gewannen die Franken auch gleichzeitig die Kontrolle über den inländischen Handelsverkehr, was sicherlich ebenfalls ein Grund für die Wahl dieses Ortes war.

In den folgenden Jahren und Jahrzehnten bildeten sich um diese Befestigung herum und entlang des Störufers Siedlungen, deren Bewohner sich im Schutz der Befestigungen sicherer fühlten, aber wohl ebenfalls Nutzen aus diesem Handelsknotenpunkt ziehen wollten. Handwerker und Kaufleute zog es in die Nähe dieses Ortes, dessen erste Namensgebung in Geschichtsbüchern mit 'Echeho' angegeben wird. Bauern aus der Umgebung boten dort ihre Waren feil und versorgten sich mit den Produkten des Handwerkes und den Waren der Kaufleute. Auch von einer Fischersiedlung auf dem Südteil dieser Störinsel wird berichtet.

In den nächsten beiden Jahrhunderten entwickelte sich die Stadt an der Stör zu einem blühenden Handelszentrum. Durch den Fluss war der Ort mit der Welt verbunden. Obwohl es entlang der Stör immer wieder Brandschatzungen durch die angriffslustigen Slawenvölker gab, wurden das Wachstum der Siedlungen, der Handel über den Fluss und das Gedeihen der Landwirtschaft nicht drastisch zurückgeworfen. Großen Anteil an der Entwicklung des Handels hatten selbstverständlich die Kaufleute. Ihre großen Schiffe befuhren die Stör bis hinauf nach Kellinghusen. Die kleineren Boote wagten sich sogar noch weiter. Bis in die Mitte des 12. Jahrhunderts hatte sich unser Fluss zu einem stark befahrenen Handelsweg entwickelt.

Viele Schiffe fuhren, von der Elbe kommend, an Itzehoe vorüber und entluden ihre Waren weiter flussaufwärts, was den Itzehoer Kaufleuten überhaupt nicht gefiel. Deshalb wurde auf ihr Betreiben im Jahre 1260 das Stapelrecht eingeführt, was wiederum den Herren in Kellinghusen gar nicht in den Kram passte, denn die Entwicklung ihrer Stadt wurde durch diese rigorose Maßnahme erheblich gebremst.

Was besagt das Itzehoer Stapelrecht? - Wir lesen den Text und erfahren, dass es auch damals schon politische Intrigen, raffgierige Landesfürsten und geschäftstüchtige Kaufleute gab:

„Johann und Gerhard, von Gottes Gnaden Grafen von Holstein und Schauenburg, allen, die dieses Schriftstück zu Gesicht bekommen, Heil und Segen für alle Guten! Wir machen allen bekannt, daß wir zur Hebung und Aufbesserung unserer Stadt Etseho den Konsuln und Bürgern der Stadt folgende Freiheit gewährt haben: Daß alle Schiffer, die von der Elbe und Wilster-Au die Stör aufwärts bis Etseho mit ihren Schiffen kommen, ihre Waren dort stapeln und den Bürgern und Fremden zum Kauf anbieten müssen. Weiter aufwärts nach Kellinghusen und Arpsdorf, wie sie es sonst taten, dürfen sie nur mit Erlaubnis und mit Willen der genannten Konsuln fahren. Dabei gestehen wir keinem unserer Vögte irgendein Recht oder Vollmacht zu; vielmehr überlassen wir es der Sorgfalt der Konsuln anzuordnen, was sie für nötig halten.... "

Alle Fahrzeuge, die die Stör hinauf, später auch hinab befuhren, wurden gezwungen, ihre Güter in Itzehoe zu entladen und an einem ganz bestimmten Platz zu 'stapeln'. Von hier aus durften die Waren sowohl an die Einheimischen als auch an Fremde verkauft werden. Ein lukratives Geschäft für die Itzehoer Kaufleute. Sie konnten die zwangsweise gestapelten und vielseitigen Produkte günstig aufkaufen und teuer wieder verkaufen. Ausnahmen zur Weiterfahrt der Schiffe wurden nur durch die Stadträte erteilt, in denen überwiegend Kaufleute saßen. Um die Wirkung dieses Privilegs zu untermauern, wurde die Stör gesperrt. Der sogenannte 'Störbaum', ein aufziehbares Balkengatter, wurde quer über den Fluss gelegt und hinderte die Schiffe an der Durchfahrt. Mit dieser Maßnahme erhielten die Itzehoer Kaufleute gewissermaßen das Handelsmonopol im Störraum und dessen Hinterland, wenn nicht sogar weit darüber hinaus. So ist dem Stapelprivileg das Wachstum der Stadt Itzehoe zu verdanken, die sich zum Handelsmittelpunkt an der Westküste mauserte. - Das Stapelrecht wurde erst 1751 eingeschränkt und 1846 ganz aufgehoben.

Welche Bedeutung der Stör im Mittelalter zukam, können wir daran erkennen, dass sich am Strom selbst und seinen Nebenflüssen größere Orte entwickelten. Itzehoe und Kellinghusen an der Stör, Wilster an der Wilsterau und Krempe an der Krempau, um nur einige aus dem heutigen Kreisgebiet zu nennen. In der Bahrenflether Chronik heißt es: - 'Die Stör diente als Transportweg von Waren aller Art. Wir wissen zum Beispiel, dass eine Glocke und ein Altar in den 1640er Jahren auf diese Weise zum Kirchort gebracht wurden. Vor allem aber konnten über Stör und Elbe die umfangreichen Getreidelieferungen der Krempermarschbauern befördert werden'. - Mit der zunehmenden Bevölkerungsdichte bildeten sich auch zahlreiche Handwerks- und Gewerbebetriebe, aus denen sich dann später die großen Manufakturen und Industrieanlagen entwickelten. Mit dem gleichen Schwung wie der Handel, nahm auch der Schiffsverkehr auf dem Fluss zu. Die Stör wurde damit zur wichtigsten Lebensader dieses Landesteiles.

Mit den Menschen und der heranwachsenden Industrie begann jedoch auch die Verwüstung der Natur, wie am Beispiel unserer Stör zu belegen ist. Was in Tausenden und Abertausenden von Jahren durch die Natur geschaffen wurde, machten die Menschen in den nun folgenden hundert Jahren zunichte. - Ein Armutszeugnis! - Doch wie kam es dazu?

In ganz besonderem Umfange waren es die Gerbereien der Lederindustrie, welche die Umweltverschmutzung einleiteten. In Neumünster war diese Industrie zuerst ansässig. Die chemischen Abwässer der Gerberei wurden rücksichtslos in die Schwale geleitet und gelangten über diesen kleinen Fluss in die Stör. Auch in Kellinghusen und Itzehoe-Sude arbeiteten solche Fabriken. Allen muss das Gleiche nachgesagt werden. Die Besitzer waren bestrebt, Profit zu machen. Deshalb wurden billige Felle im Ausland aufgekauft und verarbeitet. Das hatte zur Folge, dass nicht nur Chemikalien ins Störwasser gelangten, sondern auch die gefährlichen Milzbranderreger, die mit den Fellen eingeführt wurden. Bei Überschwemmungen der Stör, wie sie damals noch sehr häufig auftraten, wurden auch die Rinderweiden mit diesen Krankheitskeimen verseucht. - Eine Horrorvorstellung für jeden Rinderhalter und Viehzüchter! - Noch in der zweiten Hälfte des letzten Jahrhunderts verendeten in den Moordörfern der Störniederung zahlreiche Rinder an dieser tückischen Krankheit.

Auch andere Industriezweige 'entsorgten' ihr Abwasser in die Stör. Das alles führte dazu, dass die Wasserqualität unseres Flusses von 1890 an rapide abnahm. Bereits fünf Jahre später war die Fischerei in der Stör völlig lahm gelegt. Die Verschmutzung hatte zu diesem Zeitpunkt einen so hohen Grad erreicht, dass in der oberen Stör, bis nach Kellinghusen, kaum noch Fische leben konnten. Im Jahre 1959 gehörten die Stör, Krückau und Pinnau zu den am stärksten verschmutzten Wasserläufen der Bundesrepublik Deutschland. - Kriminell! - Die Stör war zu einem Störfall geworden! - Soviel zu den Wohltaten der Industrialisierung.

Doch noch einmal zurück ins Mittelalter: - Der Frachtverkehr auf der Stör nahm mit der Besiedlung entlang der Stör sprunghaft zu. Befuhren 1883 noch 946 Schiffe den Fluss, so waren es fünfundzwanzig Jahre später schon mehr als doppelt so viel; mit steigender Tendenz. Nun ist die Stör mit ihren zahlreichen Windungen wahrlich kein bequemes Gewässer für große Schiffe und ihre Kapitäne. So wurde in dieser Zeit ein speziell für die Stör geeignetes Wasserfahrzeug entwickelt, ein Lastensegler, der Störewer. Das war ein flachbodiger, kielloser und plumper Segler, dessen Mast umgelegt werden konnte, damit das Schiff auch niedrige Brücken passieren konnte.

Ende des 13. Jahrhunderts werden die Störewer als Elbschiffe erstmals erwähnt. Ein hölzernes Schiff, das alle nur möglichen Frachten transportieren konnte. Überdies war der Störewer durch seine beiden Schwerter gut zu manövrieren und konnte, bedingt durch seinen flachen Boden, in den kleinen Tidehäfen und sogar am Deich anlegen. Bei Ebbe legte sich dieses Universalschiff aufrecht in den Schlick, wurde ent- und beladen und schwamm bei Flut wieder auf. Von Niederelbe und Stör war dieser Ewer bis weit ins 20. Jahrhundert nicht wegzudenken. An anderer Stelle werden wir noch mehr über dieses Schiff erfahren.

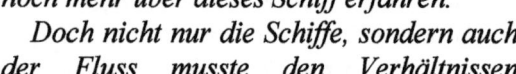

Doch nicht nur die Schiffe, sondern auch der Fluss musste den Verhältnissen angepasst werden, die sich in den Siedlungsjahren vehement veränderten. Die Stör wurde begradigt. Angefangen wurde damit in den Jahren 1875/76. Die scharfen Krümmungen oberhalb Kellinghusens wurden radikal abgeschnitten und der Fluss auf eine gleichmäßige Tiefe von 1,60 Metern gebracht. In den folgenden Jahrzehnten nahm man weitere Begradigungen des Flusses vor. Im Oberlauf wurden niedrige Sommerdeiche angelegt. Bei Kellinghusen beginnt die Flussmarsch. Von hier an wurden die Deiche am Unterlauf dem Tidenhub angepasst und erhöht. Die Flussbiegungen wurden mit groben Steinschüttungen befestigt, um die Ufer vor dem Wellenschlag der Schiffe und der Strömung zu schützen. Die große Sturmflut im Jahre 1962 zwang zu weiteren Sicherheitsmaßnahmen an den Deichen. 1974 wurde die Störschleife in Itzehoe verfüllt und ein Jahr später das Sperrwerk an der Störmündung in Betrieb genommen. Damit waren die Regulierungen der Stör beendet. Der Fluss ist seit dieser Zeit im gleichen Zustand erhalten.

Was haben diese Veränderungen bewirkt? - Das ist mit wenigen Sätzen gesagt: - Die Stör fließt heute in einem gesicherten Flussbett. Wiesen, Weiden und die übrigen landwirtschaftlichen Nutzflächen sind vor Überflutungen geschützt. Leider brachten die Industrialisierung sowie die Flussregulierungen auch Nachteile mit sich, die sich besonders auf den Fischfang auswirkten. - Wie hat sich in diesen Jahren die Fischerei auf der Stör gewandelt?

Im Heimatbuch des Kreises Steinburg, aus dem Jahre 1925, heißt es dazu: - „...will ich nun auf die fischereiliche Bedeutung des Störflusses selbst in seinem ganzen Lauf eingehen, so zeigt sich hier ein Bild ärgster Verwüstung, ein Schandfleck für unsere so hoch gepriesene Kultur. Nicht ein fischreicher Fluß durcheilt die wundervolle Landschaft, deren Landwirtschaft, in höchster Blüte stehend, auch auf ihn angewiesen ist. Nein, ein Schmutzstrom wälzt sich durch ein von ihm vergiftetes Tal, alles Lebende vernichtend, die Wiesen mit Milzbranderregern verseuchend. Die Fabriken Neumünsters, Gerbereien und Tuchfabriken haben dieses Zerstörungswerk vollbracht...!" - In der Literatur wird sogar von einem Prozess geschrieben, nach dem Neumünster an Itzehoe 200 000 Taler Schadensersatz wegen Verschmutzung der Stör zahlen musste.

Deutlicher kann man die Veränderung unseres schönen Flusses nicht beschreiben. Um aber den krassen Unterschied zu früheren Zeiten deutlich zu machen, soll weiter zitiert werden: - „...Anfang der 1890er Jahre war die Stör noch ein Strom mit klarem, schönen Wasser, welches vielen Fischarten eine willkommene Heimstätte bot. In der Stör konnte man das ganze Jahr über nutzbringenden Fischfang mit kleinen Geräten betreiben. - Im Frühjahr tauchten in den Gräben der Hecht, der Karpfen und der Weißfisch auf. Während des Sommers war Gelegenheit, die Fische unserer norddeutschen Ebene in der Stör zu fangen. Im Herbst begann der Aufstieg des Lachses, der, aus dem Meer kommend, sich in den kleineren Auen zum Laichen einfand, um danach wieder ins Meer zu wandern...'

'Es war einmal...' - So fangen Märchen an. Nur, dass wir hier keine Märchen erzählen, sondern uns mit Tatsachen befassen. Und die sehen zur Jahrhundertwende alles andere als rosig aus. Die Stör war, das ergaben Messungen im Jahre 1987, im Vergleich zum Jahre 1959 zwar nicht mehr verödet bis stark verschmutzt, sondern nur noch mäßig bis kritisch mit Schadstoffen belastet. - Sollte uns das beruhigen? - Nein, es darf uns nicht zufrieden stellen. - 'In der Stör kann heute schon wieder gebadet werden', hält man den Naturschützern entgegen. Aber ist das auch ein Beweis dafür, dass der Fischbesatz nur annähernd seinen früheren Standard erreicht hat? - Nein.

Aus den gleichen Untersuchungen ergibt sich leider auch, dass es für die Petri-Jünger kaum frohe Nachrichten gibt. Zwar wurden im Tidebereich der Stör bereits wieder mehr als 22 Fischarten nachgewiesen, doch handelt es sich dabei in der Regel um kleinere Bestände, Irrläufer und Einzelfänge.

Gewiss sind Sie, lieber Leser, ebenfalls der Ansicht, dass uns bei dieser bedrückenden Diagnose über den Zustand der Stör und ihrer Bewohner das Jammern und Lamentieren nicht weiter hilft. Was können wir also tun? - Um diese Frage zu beantworten, müssen wir unseren Fluss noch besser kennen lernen. Wir werden also die Stör, vom Quellgebiet bis zur Mündung, mit frohem Sinn, hoffnungsvollen Gedanken, aber auch kritischen Blicken begleiten. Wir wollen sehen, wie sie sich uns heute darstellt.

Viel Vergnügen!

*

Die Stör, *als größter Nebenfluss der Elbe in Schleswig-Holstein, durchfließt ein Einzugsgebiet von 1771 Quadratkilometern. Von dieser riesigen Fläche werden 73% landwirtschaftlich und 13% forstwirtschaftlich bewirtschaftet. Der Rest ist bebaut, Moorland oder wird anderweitig genutzt. Doch damit wollen wir auch schon wieder Schluss machen mit Zahlen und Prozenten. Es ist doch viel eindrucksvoller, wenn wir uns mit wachen Auges die Schönheiten der Störlandschaft einprägen. Beginnen wir also unsere Wanderung entlang des Flusses an seiner Quelle.*

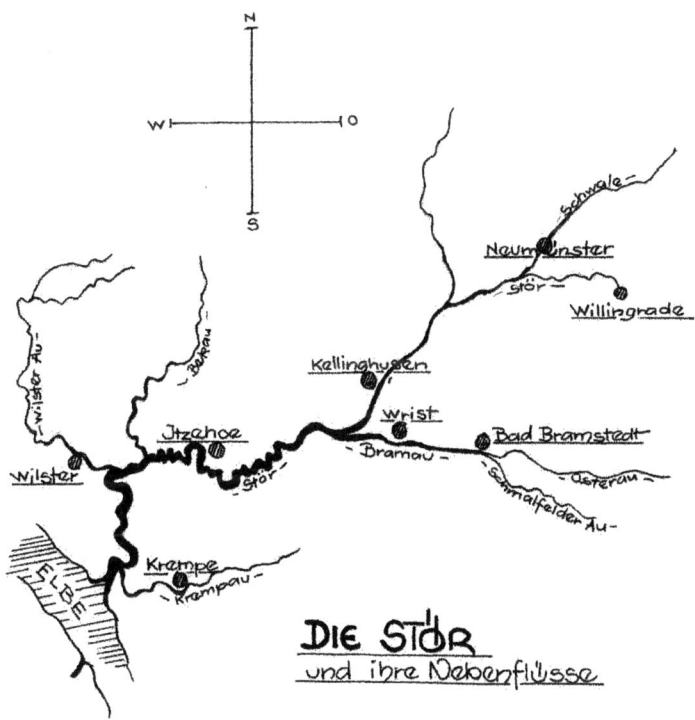

DIE STÖR
und ihre Nebenflüsse

Der lange Weg entlang der Stör beginnt im Endmoränengebiet südwestlich von Bornhöved. Schon der Name dieses Ortes deutet auf die Wasserläufe hin, die auf dieser Wasserscheide entspringen und in westlicher Richtung ins Land fließen. Dazu gehören auch die Schwale und unsere Stör.

Eine sprudelnde Störquelle suchen wir vergebens. Es gab sie einmal, doch in den fünfziger Jahren des vergangenen Jahrhunderts sei sie versiegt, berichtet der Bürgermeister von **Willingrade**, während wir über die Hauskoppel eines aufgegebenen Bauernhofes auf die fast ausgetrocknete Kuhle zustapfen, wo einstmals die Quelle unseres Heimatflusses war. Heute sieht man an dieser Stelle nur noch Binsen wachsen, eine mehr oder weniger rissige Schlammkruste und eine verrottete Pumpe. - 'Aber', erzählt der Bürgermeister, - 'hier wurde häufig gegraben und gebuddelt und wir stießen recht bald auf Grundwasser'. - Es gibt noch mehrere solcher Kuhlen in der Nachbarschaft. Von ihnen aus wurden Rohre unter der Landstraße hindurch verlegt, die das Wasser schließlich in dem Bächlein sammeln, das auch in Willingrade bereits den stolzen Namen 'Stör' trägt. - Also: - Keine Quelle, aber ein Quellgebiet, auf das nur eine einsame, verwitterte Holztafel hinweist. Von diesem Dorf bis zum Nachbarort **Kleinkummerfeld**, wirkt die Stör als Vorfluter für die Wiesen und Weiden, durch die sie fließt. Die beiden genannten Orte gehören mit dem Dorf **Großkummerfeld** zu einem Gemeindeverbund, auf dessen Wappen die geschwungenen Linien auf den Wellenschlag der Stör hinweisen.

Bei ihrem Lauf durch das Gebiet dieser drei Dörfer entwickelt sich die Stör bald zu einem ansehnlichen Bachlauf. Dort, wo sie die Weidegebiete verlässt, unmittelbar am Waldrand gelegen, treffen wir auf eine alte Papiermühle. Ein maroder

Gebäudekomplex, der unter Denkmalsschutz steht. Hier verharren wir vor der ersten Staustufe der Stör. Dieser alte Familienbesitz hat heute noch das Staurecht, das aus dem 18. Jahrhundert stammt. Leider ist das Gelände von einer Seite für Besucher gesperrt. Aber man kann die Stör sehen und hören, wie sie sich aus dem stillen Stausee über das Wehr in ihr neues Bett stürzt. - Solche Staustufen werden wir auf unserer Wanderung noch des öfteren antreffen. Sie wurden zur Begradigung und Beruhigung des Flusses geschaffen.

*Die Stör nähert sich **Neumünster**. Anfang der 50er Jahre des vergangenen Jahrhunderts wurde der Lauf des Flusses an vielen Stellen begradigt. Mit anderen Worten: Die Mäanderform des Laufes ging durch das Abschneiden der Flussschleifen verloren. Bevor etwa in der gleichen Zeit das Dorf Gadeland eingemeindet wurde, streifte die Stör nur das südliche Randgebiet der Stadt. Heute ist der Fluss das Hauptgewässer im Stadtgebiet von Neumünster. Aber auch andere Wasserläufe, wie die Schwale, der Bullenbek, Aalbek und Dosenbek, um nur einige zu nennen, schaffen die 80 Kilometer Fließgewässer in der größten Stadt an der Stör. Was die Verschmutzung der Stör angeht, hat die Stadt eine unrühmliche Vergangenheit. Ihre Gerbereien, die damals noch ihre giftigen Abwässer über die Schwale in die Stör 'entsorgten', verunreinigten den Fluss so stark, dass sich die Fische zurückzogen. - Heute gibt der Ort ein geradezu gegensätzliches Bild ab, was die Flussläufe im Stadtgebiet betrifft: - Um das stärkere Gefälle aufgrund der verkürzten Fließstrecke der Stör zu verringern, wurden Mitte der 90er Jahre sogenannte Sohlabstürze in Abständen in das Flussbett eingebaut. Das sind kleine betonierte Wehre, von denen im Laufe der Zeit einige* *zerfielen. Auch die übrigen erfüllten nicht ihren Zweck, weil sie vor allem auch den Bewohnern der Stör den Weg flussaufwärts versperrten. Diese Sohlabstürze wurden inzwischen weitestgehend durch Sohlgleiter ersetzt, bei denen, wie die Bezeichnung sagt, der abrupte Abfall des Wassers durch eine lockere Geröllschüttung aus Rundsteinen gebrochen wird. Diese Gleiter verleihen dem Fluss zudem ein natürliches Aussehen und ermöglichen den Fischen einen problemlosen Aufstieg in den Oberlauf der Stör.*

Das ist jedoch noch längst nicht alles, was die Stadt für den Fluss und die Umwelt tut. Den Biotopverbund, an dem die Stadt seit einigen Jahren arbeitet, ist - ohne Übertreibung - eine große Herausforderung. - Was soll erreicht werden? - In diesen Verbund sind alle Gewässer des Stadtgebietes einbezogen. Durch natürliche Verbindungen miteinander und untereinander soll nicht nur den Fischen, sondern auch den Kleinlebewesen die Möglichkeit des ungestörten Aufenthalts und der Wanderung gegeben werden. Kleine vorhandene Biotope werden ergänzt und neue geschaffen und damit gleichzeitig der Erlebniswert 'Natur' im Stadtgebiet erhöht. - Eine nachahmenswerte Aufgabe. - Immerhin konnten im Stadtbereich bereits wieder acht Fischarten nachgewiesen werden. - Wir verabschieden uns von Neumünster.

*Die weitgehend regulierte Stör zieht mit ruhiger Strömung weiter durch das Land. In der Folge machen zahlreiche Wehre den Fluss für Wasserwanderer unpassierbar. Wir kommen nach **Padenstedt**. Die Stör durchfließt diese Gemarkung über eine Länge von 4,5 Kilometern in einem relativ engen Tal. Auf dieser Strecke münden folgende Flüsse und Bäche in die Stör: Die Schwale, der Bullenbek und der Aalbek aus Neumünster kommend, sowie der Hirschgraben und die Padenstedter Au. Im Ortswappen ist die Stör durch eine blaue Wellenlinie verewigt.*

Während die Friedenseiche eher symbolischen Charakter hat, deutet das nach oben offene Hufeisen auf die Pferdehaltung hin, die seit frühen Zeiten im Dorf sehr verbreitet ist. Noch heute zählt das Pferd zum Statussymbol des Ortes, wie der Ponypark beweist. Ein engagierter Verein hat sich die Renaturierung der Stör zum Ziel gesetzt. Durch den Aufkauf landwirtschaftlich genutzter Flächen will man dieses Vorhaben verwirklichen.

Wenn unsere Stör den kleinen Ort **Arpsdorf** erreicht, hat sie bereits eine ansehnliche Breite. Mit seinen etwa dreihundert Einwohnern ist das vorwiegend bäuerliche Dorf eine sehr rührige Gemeinde. Die Menschen dort haben das große Glück, in einer industriefreien und sehr abwechslungsreichen Landschaft zu leben. Vereine und Interessengemeinschaften prägen das Leben des Dorfes und natürlich auch der Stör. Im Ortswappen deuten die Wellenlinien auf den Fluss hin. Der idyllisch gelegene Ort, am Rande des Naturparks Aukrug, wird im Jahre 1199 erstmals urkundlich erwähnt, dürfte jedoch älter sein, wie der Bürgermeister berichtet. Bei der Gründung der Siedlung 'Erpesthorp' spielte die Stör eine entscheidende Rolle. Damals war der Fluss bis zu diesem Ort schiffbar und bescherte den Menschen durch seinen Fischreichtum eine gesicherte Ernährungsgrundlage. Für die waldreiche Gegend war die Stör ein natürlicher Transportweg für das dort geschlagene Holz. Nach Arpsdorf gelangten Waren aller Art über die Elbe und Stör, bis das Itzehoer Stapelrecht dem Frachtverkehr ein Ende setzte. Die wirtschaftliche Bedeutung des Ortes erlitt einen spürbaren Rückschlag. In der landschaftlich reizvollen Gegend tummeln sich heute Wasserwanderer auf dem

Fluss und Angler an seinen beiden Ufern. Von Arpsdorf aus schlängelt sich die Stör durch Waldgebiet, nimmt unterwegs die Bünzener Au in sich auf und erreicht

Sarlhusen. *Und hier wird es so richtig interessant. In Sarlhusen erreichen wir nämlich die 'Lieth', einen bewaldeten Abhang, der sich von Innien-Aukrug bis nach Kellinghusen erstreckt. Vom Glasberg hat man einen herrlichen Blick über das Ur-Stromtal der Stör, erkennt die Einmündung der Bünzau und den gewundenen Lauf des Flusses durch die Niederungen. - Der Glasberg hat übrigens seinen Namen von*  *Glasbläsern, die einstmals auf diesem Hügel ihrem Handwerk nachgingen. - Die bewaldeten Hänge des Naturparks senken sich zum Fluss leicht ab, bevor sie plötzlich in der 'Lieth' einige Meter steil abfallen und das frühere Steilufer der Stör markieren. Wir sehen mitten im ehemals breiten Störbett eine bewaldete Insel liegen, den 'Sönderkamp'. Nach den Erzählungen der Einheimischen wurden auf dieser Flussinsel in früheren Zeiten Gefangene festgehalten. Um was für Menschen es sich dabei gehandelt hat, ist nicht bekannt. Aber es muss sehr lange her sein, denn zu dieser Zeit muss die Stör das ganze sichtbare Flussbett ausgefüllt haben, sodass der Sönderkamp nur als kleine Kuppe aus dem Wasser ragte. - Legende oder Wahrheit? - Tatsache ist auf jeden Fall, so erzählt der Bürgermeister, dass die Stör in seiner Jugendzeit, Mitte der 50er Jahre des vergangenen Jahrhunderts, ein toter Fluss war; eine 'schleimige Brühe', in die man nicht einmal einen Fuß zu setzen wagte. Heute sieht es in Sarlhusen und dem Nachbarort*

Willenscharen *ganz anders aus. Unsere Stör ist hier bereits 6 m breit und hat eine durchschnittliche Wassertiefe von ca. 80 Zentimetern. Das ist sicher nicht sehr tief, beklagt sich der hiesige*

Bürgermeister. Er sieht die Ursachen dafür unter anderem in den mehr und mehr um sich greifenden Befestigungen der Höfe und Straßen sowie anderer Bauarbeiten.  Dadurch wird das Regenwasser mit allen seinen Sedimenten direkt in den Fluss gespült, der damit langsam, aber sicher verflacht. Eine Besonderheit verbindet Sarlhusen und Willenscharen. Es ist nicht die Landstraße, sondern das Fischereirecht. Die beiden Dörfer sind entlang der Stör die beiden einzigen Gemeinden, in denen das Fischereirecht noch Gemeinderecht ist. Der Anglerverein von Brokstedt hat die Ufer in beiden Gemeinden für seine Petri-Jünger gepachtet. Und noch etwas Besonderes gibt es bei Willenscharen. Die sogenannte 'Wallburg' gilt als Naturdenkmal. Es ist eine sächsische Burganlage mit einem Ringwall und stammt aus dem 9./10. Jahrhundert. Sie wurde zur Abwehr der Slawen gebaut.

Ungewöhnlich gradlinig fließt die Stör zwischen Fitzbek und Brokstedt in einer breiten Flußau auf **Störkathen** zu. Der Name sagt es schon: - Ein kleiner, fast unscheinbarer Ort, früher von Kätnern bewirtschaftet, in der wunderschönen Waldlandschaft des Naturparks. Wie in vielen Dörfern kämpfen auch hier die wenigen gebliebenen Bauern um ihre Existenz. Kaum beachtet fließt die Stör an dem winzigen Ort vorüber, wenn da nicht in der Flussbeschreibung Kellinghusens eine Badestelle und ein Steg zum Anlegen für Wasserwanderer eingezeichnet wären. - Aber, wie in allen Orten zuvor, erinnert auch hier nichts an den Stör, der einmal in diesem Fluss zu Hause war. Dafür wird im Stadtbuch Kellinghusens eine Sage erwähnt, die sich in der Nähe von Störkathen zugetragen haben soll:
>Eine alte Frau ließ ihre beiden Kälber auf einer Wiese an der Stör weiden. Doch kam es vor, dass die Tiere durch die Stör an das andere Ufer schwammen und auf der Wiese eines Bauern

grasten. Einmal fand der Bauer die Kälber auf seiner Wiese, schimpfte laut und jagte sie davon. Als das die alte Frau sah, breitete sie ihre Schürze aus, setzte sich darauf und segelte hinüber zum anderen Ufer. Dort rief sie: 'Kaamt her mien olen Schäkers, kaamt her. De Luid schüllt över ju nich mehr schelln'. - Daraufhin liefen die beiden Kälber schreiend zu der Frau. Sie nahm die Tiere mit auf ihre Schürze und segelte auf dieselbe ungewöhnliche Weise über das Wasser der Stör zurück.>

Was verrät uns diese Geschichte? - Wäre es nicht möglich, dass es in der Nähe von Störkathen früher eine Furt gab, die Menschen und Tieren das Übersetzen erleichterte? - Eine Frage, die Heimatforscher wohl eher beantworten können. Wenn wir dieses kleine Dorf verlassen, um am Ufer der Stör nach

Rosdorf zu gelangen, müssen wir über den Fluss. Das geschieht genau an der Stelle, wo heute die Brücke über die Stör führt. An der gleichen Stelle befand sich früher eine Furt. Und genau dort, mitten in den Störwiesen, lag ein mit Wall und Gräben befestigter Hof, der Haupthof des Gutes Rosdorf. Es wird angenommen, dass dieser Wehrhof zum Schutz vor unerwünschten Besuchern errichtet wurde, möglicherweise aber auch die Furt bewachen sollte. Viele Jahre später wurde dieses Bollwerk auf 'Wunsch' des Klosters Neumünster abgerissen, weil die Mönche unbehindert vom alten Kloster in Münsterdorf zum neuen Kloster in Neumünster gelangen wollten. -
Und schon sind wir in der geschichtlichen Entwicklung des idyllischen Ortes in der Lieth. Seit der Steinzeit kann in der Umgebung die menschliche Besiedelung nachgewiesen werden. Vierzehn Hünengräber, in unmittelbarer Nähe des heutigen Ortskernes, bezeugen es.
Obwohl es keine genauen Anhaltspunkte gibt, dürfte Rosdorf ebenso alt sein wie der Nachbarort Kellinghusen. - „Es wird das

Gut gewesen sein", versucht ein alteingesessener Bürger diese Frage zu beantworten, „das mit seinen 'Rossen', die im kriegerischen Mittelalter von allen Parteien sehr begehrt waren, der Siedlung den Namen gegeben hat". - Bereits 1336 wurde das Gut erstmals urkundlich erwähnt, wechselte im Laufe der Zeit mehrere Male den Besitzer, bevor es 1630 den Untertanen in Erbpacht überlassen wurde.

Die Bewohner des Dorfes lebten früher schon vom Wald und seinem Holz, wie die tiefgehenden Wurzeln der Bäume im Wappen bekunden; das Dorf lebt noch heute vom Holz. Das wiederum beweisen die schweren motorisierten Langholzwagen, denen man auf der Landstraße begegnet. Früher waren es die 'Bollen', flachgehende Segler, die das Holz auf der Stör transportierten. Diese kleineren Schiffe sind jedoch nicht mit den Störewern identisch, die noch größere Lasten aufnehmen konnten und hauptsächlich die untere Stör befuhren. Bevor wir unsere Wanderung fortsetzen, gönnen wir uns noch den herrlichen Blick von der Lieth über die Stör-Au bis hinüber nach Borstel. Das sind immerhin mehr als vier Kilometer Luftlinie über das Urstromtal der Stör.

Mit dieser Aussicht zur Linken nähern wir uns dem Luftkurort **Kellinghusen.** *Was uns sofort auffällt: - Lieth und Stör prägen das Bild dieser Stadt. - Stadt an der Lieth - Stadt an der Stör, man kann es sich aussuchen. Das Ende der Lieth wird durch die St.-Cyriacus-Kirche markiert, deren Turm weithin sichtbar ist. Kellinghusen blickt auf eine lange Geschichte zurück. Die Gründung fällt möglicherweise in die Zeit Karls des Großen, 768-814 nach Christi Geburt. Sicher sind sich die Historiker jedoch nicht, denn eine frühere Besiedlung der Lieth ist viel wahrscheinlicher. Urkundlich erwähnt wurde der Ort erstmals im Jahre 1148. Auch über die Namensgebung sind sich die Gelehrten nicht einig. Ein Priester namens Johannes de Kelleghusen wird 1196 erwähnt und 1260 erscheint*

'Tsellingchusen' in der Urkunde zum Stapelrecht der Stadt Itzehoe. Über die Geschichte der Stadt gäbe es noch viel zu berichten. Überlassen wir das jedoch den Geschichtsforschern und wenden uns der Entwicklung des Ortes zu, die einige Überraschungen beinhaltet.

Wald gab es auf der Lieth schon immer reichlich. - 'Der Wald lieferte den Menschen Brennstoff, Holz für Werkzeuge, Wagen und Wohnung, sowie Baumrinde für die Gerberei', heißt es in der Stadtgeschichte. Im Mittelalter lag der Ort an der Kreuzung des Störuferweges nach Willenscharen und Padenstedt sowie am Heerweg von Segeberg nach Itzehoe. Diese zentrale Lage führte zur Ansiedlung von Handwerkern und Kaufleuten. Kellinghusen wuchs im Laufe der Jahrhunderte zum Kirchdorf heran, entwickelte sich zum Flecken und schließlich zur Stadt. Aus einem mittelalterlichen Handelsplatz wurde 1862 eine Hafenstadt. Doch auch für Kellinghusen brachte das Itzehoer Stapelrecht erhebliche Nachteile mit sich, wie sich denken lässt.

Neben anderen Gütern war das Holz eines der wichtigsten Handelsobjekte der Kaufleute. Es wurde über die Stör aus den bewaldeten Gebieten des heutigen Naturparks herangeschafft und stammte aus der ebenso waldigen Umgebung der Stadt. Auf der 'Leewisch', dem späteren Hafen und der heutigen Anlegestelle, wurde es gestapelt. Zum Transport auf dem Fluss wurden auch hier 'Bollen' benutzt, die im Winter, wenn die Stör zugefroren war, ebenfalls auf der 'Leewisch' trocken gelagert wurden. Mit diesen Schiffen konnte die Stör bis Grönhude befahren werden. Dort übernahmen Prahme und Ewer die Fracht störabwärts.

Die Schilderung eines Bürgers, aus dem Jahre 1850, macht nicht nur den regen Verkehr auf dem Fluß anschaulich, sondern auch den schönen Flecken Erde: - 'Es war doch ein prachtvolles Landschaftsbild, wenn zur Sommerszeit mehrere hoch mit Holz beladene Bollen in kurzen Abständen, die braunroten Segel von einer leichten Brise gebläht, auf der durch blumige Wiesen sich schlängelnden Stör stromabwärts zogen. Vorne und hinten auf jedem Fahrzeug stand ein Schiffer mit langem Staken. Durch sanftes Schieben mit demselben versuchten sie dann von Zeit zu Zeit die treibende Kraft des Stromes zu fördern und die Fahrt zu beschleunigen. Und wenn dann auf einer Wiese die Bauern gerade mit dem Heueinfahren beschäftigt waren und auf einer anderen bunte Kühe weideten, so war das ein Bild zum Malen'. - Kann man diese friedliche Zeit besser beschreiben? -

Nachdem zuvor einige Entwürfe abgelehnt worden waren, besitzt Kellinghusen seit 1901 ein Stadtwappen.  Es zeigt im oberen goldenen Feld eine rote Burg mit drei schwarzen Zinnen auf grünem Hügel, der Lieth. Im unteren Feld steht ein silberner Ewer (Bollen) mit zwei Vordersegeln und einem Hintersegel. Damit ist im Wappen das enthalten, was die Stadt bekannt gemacht hat. Bei Kellinghusen beginnen die Störmarschen. Ab sofort begleiten wir den Fluss auf seinen Winterdeichen.

Wenige Kilometer flussabwärts von Kellinghusen, gegenüber dem Ortsteil Grönhude, mündet beim Kaiserhof die Bramau in die Stör. Nur gute hundert Meter weiter ist es die Hörner-Au, die dazukommt. Ob diese beiden Flussläufe den Verlauf unserer Stör in den früheren Jahren nachhaltig beeinflusst haben, versuchten wir bereits zu klären. Überlassen wir also die Beantwortung dieser Frage kompetenteren Leuten. Sicher ist jedoch, dass die Bramau ein stärkeres Gefälle hat als die Stör, nämlich 12 Meter auf zwölf Kilometer, gegenüber der Stör mit 12 Metern auf dreißig Kilometer. Das führte dazu, dass die Stör im Bereich der Bramaumündung stark versandete.

Etwa ab dem Flusskilometer 33 durchfliesst die Stör eine geschichtsträchtige Landschaft. Nun wollen wir uns zwar nicht zu ausführlich mit den historischen Begebenheiten des frühen und späten Mittelalters befassen, doch auf einige Besonderheiten soll hier doch eingegangen werden. Hier, im Gebiet der Störniederung, liegen die sieben Moordörfer Auufer, Wittenbergen, Breitenberg, Moordiek, Moordorf, Westermoor und Kronsmoor, die alle dem Kirchspiel Breitenberg angehören. Allerdings liegen nur Auufer, Wittenbergen und Breitenberg unmittelbar am Fluß. - Doch der Reihe nach:

Im Gebiet von **Auufer** fließt die Bramau in die Stör. Die Gehöfte des Ortes reihen sich wie bei einer Perlenschnur am Ufer der Hörner-Au aneinander. Der 'Kaiserhof' und die 'Rote Brücke' über die Bramau sind untrennbar mit diesem Ort und der gesamten Region verbunden, wie wir gleich sehen werden. Dort, wo heute die 'Rote Brücke' über die Bramau führt, gab es früher eine Furt. Dieser Übergang wurde urkundlich bereits 1245 erwähnt und 'Furt der frommen Brüder' oder kurz 'Brüderfurt' genannt, weil sie von den in Münsterdorf und Breitenberg lebenden Mönchen auf ihrem Fußmarsch nach Neumünster benutzt wurde. Früher wie heute bildet diese Brücke das Verbindungsglied zwischen den Landschaftsformen Moor, Marsch und Geest. Die Mönche waren es auch, die dort die erste Brücke erbauten. Im Jahre 1526 ersetzte Johann Rantzau die morsche Holzbrücke durch eine von drei Bögen getragene steinerne Brücke aus hellem Granit. Diese wurde während des 30 jährigen Krieges, als die Schweden dort den Übergang erzwingen wollten, durch eine Kanonade zerschossen. - Vom Blut der vielen Gefallenen soll sich damals das Wasser der Bramau rot gefärbt haben, heißt es im Volksmund. So bekam die 'Rote Brücke' ihren Namen. - Aus diesen kriegerischen Zeiten stammen auch die Bezeichnungen Kaiserhof' und 'Kaisermühle'. Dort hatten die kaiserlichen Truppen unter Wallenstein ihr Lager aufgeschlagen. Damit aber genug Geschichte.

Wir wandern weiter an der Stör entlang, durch Alt-
Wittenbergen, und nähern uns Breitenberg. Wie schon erwähnt
ist dieses Dorf auch Kirchspiel für die anderen Moordörfer. Eine
Kirche wird erstmals 1164 erwähnt und wurde 'Parochia
Ichhorst' genannt. Es dürfte die Außenstelle - 'Eckhorst', des
Augustiner- Chorherren-Stiftes in Bordesholm gewesen sein, die
zu diesem Namen führte. Der Ort selbst wurde später über
'Bredenberge' in Breitenberg umbenannt, und auch das hat seine
Bedeutung, wie wir gleich erfahren werden. Die alte Kirche
wurde 1756 durch Blitzschlag zerstört. In den Jahren 1764-68
entstand die heutige Saalkirche, ein spätbarocker Backsteinbau.
Und wenn wir schon bei der Geschichte des Ortes sind: - Funde
aus der Jungsteinzeit (4300-2300 vor Christi) belegen die
Anwesenheit von Menschen in diesem Gebiet.

Breitenberg liegt auf einer Sandinsel und damit entscheidende
Zentimeter höher als die umliegenden Dörfer. Das garantierte bei
Überschwemmungen trockene Füße. Und Überflutungen gab es
in der Vergangenheit durch die Stör eine ganze Menge. Das
Wasser und die Pest waren es auch, die das Kirchenland südlich
der Stör in einen derart desolaten Zustand versetzten, dass der
Klosterbesitz aufgegeben werden musste und 1526 an den Grafen
Rantzau verkauft wurde.

Es gibt eine interessante Geschichte über das kleine
Haufendorf, in dem heute die hübschen Einfamilienhäuser wie
Küken um die Mutter Kirche hocken und die Bewohner das
Rauschen der Blätter in den Bäumen genießen: - In Breitenberg
gab es früher eine Fähre über die Stör! - Am alten 'Deichkrug'
soll der Anleger gewesen sein. Von hier wurden die Menschen
aus den Moordörfern nach Lohbarbek übergesetzt, wird erzählt. -
Anfangs war das nur eine vage Spur. Ein geschichtlich
interessierter Einwohner des Dorfes lieferte dann einen weiteren
Hinweis und wenige Tage später stand ich einer zierlichen
älteren Dame gegenüber, von der ich, um ehrlich zu sein, niemals

erwartet hätte, dass sie einen schweren Kahn über die Stör rudern könnte. - Doch lassen wir Frau Helmi Elskamp, geborene Buhmann, selbst erzählen:

„Von meinen Eltern weiß ich, dass die Fähre schon lange existierte, als mein Vater 1919 die Gastwirtschaft 'Zum Deichkrug' kaufte. Davor soll ein gewisser Asmus Husen und nach ihm ein gewisser Offerman die Fähre betrieben haben. - Schon als 12 jähriges Mädchen habe ich die Leute ans andere Ufer gebracht. Als junge Frau war es dann eine Selbstverständlichkeit, weil meine Eltern und später mein Mann sehr häufig durch die Feldarbeit nicht abkömmlich waren. - Eine Unterbrechung des Fährbetriebes trat für unsere Familie gezwungenermaßen ein, als 1941 unser Haus abbrannte. Bis Dezember 1948 hielt ein Nachbar die Fähre im Gange, dann setzte ich mich wieder ins Boot. - Einmal musste ich bei starkem Sturm jemanden übersetzen. Es war Flut und auch ziemlich heftiger Wellengang auf der Stör. Als ich den Fahrgast am Lohbarbeker Ufer abgesetzt hatte, machten mir die starke Strömung und der Wind sehr zu schaffen. Der Kahn wollte nicht so, wie ich es wollte. Wir trieben ab und ich konnte mich gerade noch am Schilf festklammern, sonst wären wir mit der Strömung nach Kellinghusen abgetrieben worden. Helfen konnte mir keiner, weil ich ja auf der anderen Seite des Flusses war. Aber zurück musste ich auch. Irgendwie habe ich es dann geschafft. - Aber ich sage Ihnen, ich habe Todesängste ausgestanden. - Ich war heilfroh und kaputt, als ich wieder festen Boden unter den Füßen hatte. - Aber das war eine Ausnahme. - Bei Hochwasser war es so wie so schwierig den kleinen Steg zu finden, den man am Lohbarbeker Ufer gebaut hatte. Er lag dann meistens unter Wasser und wir ruderten den Kahn einfach aufs 'Gerade wohl' ins Schilf, bis wir Land zu fassen hatten. "

Auf die Frage, wie sie denn zum Überholen gerufen wurde, meinte Frau Elskamp lachend: - „Da waren auf der Lohbarbeker

Seite zwei Pfähle in die Erde gerammt. An einem Querbalken hing eine Eisenplatte oder so etwas Ähnliches. Mit einem anderen Eisenstück wurde dann Krach gemacht. Das schepperte so laut, dass wir es auf unserer Seite hören konnten". - „...wenn ich zu meinen Schwiegereltern nach Hamburg wollte, ging es erst über die Stör, dann am Deich entlang nach Hohenlockstedt oder Wrist und von dort aus mit dem Zug weiter. - Umgekehrt genau so."

Dann wollte ich wissen, ob das Übersetzen aus reiner Gefälligkeit geschah. - „...nein, wo denken Sie hin! - Pro Person kostete die Fahrt 12 Pfennige; mit Fahrrad sogar 22 Pfennige! - Im Grunde genommen war das für diese Schufterei ein Hungerlohn. Aber so wurde es vom Wasserbauamt in Glückstadt vorgeschrieben. Mehr durften wir nicht nehmen. - Ja, wir waren eine ganz reguläre Fähre. - Der Kahn fasste 6 Personen, ohne Fahrräder. - Später lohnte sich dann das Übersetzen nicht mehr. Die Leute kauften sich Autos. Ende der 50er Jahre gab ich den Fährverkehr auf. Soviel ich weiß, hat auch kein anderer weitergemacht."

So weit das Gespräch mit der wahrscheinlich einzigen 'Zwei-Hand-Fährfrau' in Schleswig-Holstein. Man kann also davon ausgehen, dass etwa seit Mitte des 19. Jahrhunderts diese Störfähre existierte. Zu ergänzen wäre, dass vor der hier geschilderten Zeit eine richtige Glocke mit Schlegel am Lohbarbeker Ufer stand, um den Fährmann oder die Fährfrau zu rufen, die auch im Heimatbuch des Kreises Steinburg abgebildet ist.

Die Gemeinden **Westermoor** und **Kronsmoor** grenzen mit ihren Wiesen und Weiden zwar ebenfalls an die Stör, sind jedoch reine Straßendörfer. Im Bereich von Kronsmoor wurde seit dreiunddreißig Jahren die Kreidegrube 'Saturn' abgebaut. Jetzt wird dort nicht mehr gefördert.

*Gegenüber diesen Dörfern, am anderen Ufer der Stör, liegt die kleine Gemeinde **Kollmoor**. Das Bauerndorf mit seinen etwas mehr als vierzig Einwohnern entstand nach der Eindeichung durch die eingewanderten Holländer, die uns bald wieder begegnen werden. Den Schutz des Deiches und notwendige Reparaturen liegen seit eh und je in den Händen der ansässigen Bauern.*

*In den für die Stör typischen Windungen schlängelt sie sich auf **Breitenburg** zu. Die Gemeinde ist geteilt. Zwischen Alt-Breitenburg und dem wesentlich jüngeren Breitenburg-Nordoe liegen sechs Kilometer Luftlinie und die Gemeinde Münsterdorf. Wir wollen uns bei dieser Vorstellung auf den alten Ortsteil beschränken, der, in einer Störschleife gelegen, eine sehr lange und wechselhafte Geschichte hat. Weil wir aber den Historikern nicht die Show stehlen wollen, beschränken wir uns auf die wichtigsten Daten. Dennoch sei interessierten Lesern die geschichtliche Vergangenheit dieser Gemeinde wärmstens empfohlen.*

Breitenburg und die Störniederung ohne die Grafen Rantzau zu beschreiben, käme einer Unterlassungssünde gleich. Das Schloss war stets Mittelpunkt des Geschehens in dieser Region. Doch bevor an der Stelle, wo heute das Schloss steht, die Grafen Rantzau einzogen, lag dort, auf dem 'breiten Berge', mitten in der Störniederung und nahe dem nach Norden führenden Handels- oder Heerweg, der 'Mönkehof'. Wie die Bezeichnung andeutet, ein von Mönchen bewirtschafteter Gutshof des Bordesholmer Klosters.

Erst viel später, als die Klöster durch die Pest und ständige Überflutungen ihrer Ländereien durch die Stör in große wirtschaftliche Schwierigkeiten gerieten, kaufte ihnen der Ritter Johann Rantzau, der als landesherrlicher Vogt auf der Burg in Itzehoe residierte, das weite Klostergebiet ab. An Stelle des

'Mönkehofes' errichtete er die Breitenburg. Sein Sohn Heinrich und dessen Nachfahren ließen die Burg festungsartig ausbauen. Im 30 jährigen Krieg wurde die Breitenburg von Wallensteins Truppen belagert, verwüstet und schließlich eingenommen, wobei die Verteidiger mit Mann und Maus massakriert wurden. Unter Christian Rantzau wurden die Gebäude wieder aufgebaut. - Damit genug Geschichte.

Zum heutigen Schloss gehört das ehemalige Gut 'Osterholz' mit seinen weiten Acker- und Weideflächen sowie der bekannten Pferde- und Rinderzucht. In den letzten Jahren ist das Gelände zu einem attraktiven Golfplatz umgestaltet worden. Das Schloss selbst mit seiner Parkanlage ist ein Kleinod in der Stör-Au und eine Sehenswürdigkeit. Der alte Burggraben wird nach wie vor über ein Siel durch die Stör geflutet und mit ein wenig Phantasie kann man die alten Ritter über die ehemalige Zugbrücke ins Innere der Burg reiten sehen.

Die wirtschaftlich und strategisch wichtige Lage dieses Ortes erkannten bereits die Mönche und danach die Grafen zu Rantzau. An der Stelle, wo heute die Gastwirtschaft 'Zur Breitenburger Fähre' steht, gab es im frühen Mittelalter nur eine Furt, die 'Mönkefurt' durch den Fluss. Dieser unbequeme Übergang wurde in den folgenden Jahrhunderten zuerst durch eine Holzbrücke, dann durch eine Steinbrücke und schließlich durch eine eiserne Brücke ersetzt. Über diese Brücke kommen wir in den Breitenburger Forst mit seinen Bächen und kleinen Tälern, die alle zur Stör-Au abfallen und dort in den Fluss münden. - Ein Paradies für Naturliebhaber. - Und noch etwas wollen wir nicht 'überhören': - Die Burg und ihre Bewohner werden von zahlreichen Sagen umwoben, die das gute Verhältnis der Burgherren zu ihren Untertanen in bildhafter Weise beschreiben.

Die Stör windet sich nun zwischen dem nördlichen Geestrücken und einer südlich davon gelegenen Geestinsel auf die Gemeinde **Münsterdorf** *zu. Auf dieser Insel, mitten im Urstromtal der Stör, liegen, neben Münsterdorf, auch die Orte Lägerdorf, Dägeling, Breitenburg-Nordoe und Kremperheide. Über Münsterdorf zu sprechen, ohne zumindest einige geschichtliche Merkmale hervorzuheben, würde bedeuten die Christianisierung Holsteins zu übergehen.*

Ludwig der Fromme war es, der die christliche Mission des Nordens vorantrieb. Er beauftragte damit den Erzbischof von Reims, der bereits 822 die 'Cella Wellanao', ein kleines Missionskloster im Gebiet des heutigen Münsterdorf, gründete. Dieser Ort wurde nicht ohne Grund gewählt. Die Mönche befanden sich mit dem Kloster im Schutz der Burg Etzehoe. Noch während der Zeit Karls des Großen verbreiteten die ersten Mönche von dort aus das Christentum unter dem Bischof Ansgar bis hinauf nach Schleswig.

Das Wappen der Gemeinde zeigt neben Kornähren für den Ackerbau und Wellenlinien für die Bedeutung des Flusses im Mittelpunkt den Bischofsstab, als Zeichen der christlichen Würde. Im 30jährigen Krieg wurden Münsterdorf und seine Bewohner von den verschiedensten Kriegsheeren heimgesucht, wie aus der Chronik des Dorfes hervorgeht. - Doch wir wollen uns nicht wiederholen. Der Deichbau bei Münsterdorf wird holländischen Siedlern zugeordnet. Die Deiche konnten allerdings nicht verhindern, dass bei der letzten großen Sturmflut 1962 die Wasser der Stör bis an das bewohnte Gebiet des Dorfes vordrangen. - Und dort, wo das Wasser die Anwohner in Angst und Schrecken versetzte, soll es sogar früher einen Hafen gegeben haben, von dem man bei Baumaßnahmen noch alte verrottete Poller gefunden haben will. - Wahrheit oder Legende? - Wir wissen es nicht.

Heute ist Münsterdorf eine vorwiegend mit Eigenheimen besiedelte Gemeinde in landschaftlich reizvoller Umgebung. Wald und Moor, Dünen, Heide und nicht zuletzt die Stör laden zum Wandern ein. Hinter der Schleuse bietet ein kleiner Yachthafen den Freizeitkapitänen gesicherte Liegeplätze vor den Gezeiten des Stromes. Dicht daneben steht das Schöpfwerk mit einer Rarität: - Hier hat der bekannte Maler Michael Jarren im hohen Alter von 82 Jahren noch ein Wandgemälde geschaffen, das die Weite der Störniederung darstellt. - Über das Schöpfwerk wird das Wasser des Breitenburger- oder Moorkanals, einschließlich der Lägerdorfer Abwässer, in die Stör befördert, womit wir wieder bei unserem Fluss angelangt sind.

*Auf dem Deich - übrigens ein schöner Wanderweg - begleiten wir die Stör in Richtung **Itzehoe,** auch 'Perle der Westküste' genannt, obwohl uns hier der Seewind noch nicht um die Nase weht. Dem Wanderer springt schon von Weitem der Turm der St.- Laurentii-Kirche in die Augen, eines Wahrzeichens der Stadt. Daneben verblassen die unschönen Silhouetten der Hochhäuser. Doch je näher wir der Stadt kommen, um so mehr drängt sich ein anderes Bild auf: - Es sind die grauen Ruinen der ehemaligen Alsen'schen Zementfabrik. - Ein Kratzer auf der 'Perle' der Westküste. - Über die Entstehung der Stadt und ihre Entwicklung wurde in diesem Buch genug geschrieben. Wir wollen uns auch nicht mehr darüber verbreiten, ob die 'Essefeldoburg' in der Itzehoer Störschleife oder der Oldenburgskuhle errichtet wurde. Einmal würde uns das kaum weiterhelfen und zum anderen würde es den Sinn unserer Betrachtungen über die Stör nur entstellen.*

Im Stadtgebiet erinnert vieles an die Störfischerei und die Stör, jedoch nichts an den Fisch, der einmal hier heimisch war. Die Beziehungen zum Fluss sind unübersehbar. Da gibt es die alte

Netzfabrik und da sind Straßenbezeichnungen wie Fischerstraße, Reichenstraße und Wallstraße. Da ist auch die aufgefüllte Störschleife. Wo in früheren Zeiten die Wasser des Flusses an die Ufer plätscherten, quält sich heute leider nur ein verunreinigtes und recht klägliches Rinnsal durchs Gestrüpp. Dafür steht am neuen Rathaus aber 'Hermann', der weltweit einzige übrig gebliebene Störewer. Und über dieses Schiff gibt es einiges zu erzählen: -

Störewer 'Hermann' blickt von seinem Platz am neuen Rathaus auf eine sehr bewegte Vergangenheit zurück. 1905 als letzter Holzewer auf der Wewelsflether Werft gebaut, hatte Hermann vier Eigner, bevor er nach Dänemark verkauft wurde. Vom dänischen Egernsund kam er zuerst nach Struer und dann nach Skive. Inzwischen war aus dem Segler ein Motorschiff geworden. Der Ewer strandete 1958, was ihn von der strapaziösen Steinfischerei erlöste, aber auch seinen erneuten Eignerwechsel bewirkte. Seine neue Heimat war die dänische Insel Bogo und von dort ging seine Irrfahrt nach Nysted, wo er als Tangfischer eingesetzt wurde. Nach einer weiteren dänischen Station landete oder strandete der inzwischen alt gewordene 'Hermann' in Amsterdam. Zum Glück blieb dem alten Schiff eine Atlantiküberquerung erspart, weil seine treuen Freunde ihn aufkauften, restaurieren ließen und ihn als Museumsschiff der Stadt Itzehoe übergaben. - Das ist 'Hermanns' Geschichte, doch seine Freunde können gewiss noch mehr über ihn erzählen.

Itzehoe hat einen Stadthafen, den 'Störpavillon', das 'Störschwimmen' und den 'Störlauf' sowie noch einige Dinge mehr, die auf den Fluss hindeuten. Deshalb ist es verwunderlich, dass es nicht einen Hinweis auf den Stör gibt. In dieser Hinsicht ist Itzehoe leider keine Ausnahme. Auf unserer Wanderung entlang des Flusses, von Willingrade bis hierher, gab es nicht die geringste Spur von diesem Fisch. Auf Befragen wurde in der Regel mit den Schultern gezuckt, bestenfalls die Gegenfrage gestellt, ob damit der Fisch gemeint sei.

*Die Stör - der Stör. - Wer gab wem den Namen? - Gibt es
überhaupt einen Zusammenhang?*

*Wir verlassen Itzehoe, kommen unter der langen
Autobahnbrücke hindurch und passieren den schmucken
Yachthafen von **Heiligenstedten**. Zur Linken, hinter dem
südlichen Deich, sehen wir das alte neue Schloss
und vor uns die Störbrücke und Kirche des Ortes.
Damit kennen wir schon einmal die drei
Wahrzeichen des Ortes, den Stolz der Einwohner.
Flüsse trennen, Brücken verbinden. Ganz
besonders zeigt sich diese Weisheit an der
Gemeinde Heiligenstedten. An beiden Ufern der Stör gelegen,
trennt der Fluss die beiden Ortsteile, während die heutige
Zugbrücke sie wieder verbindet. - Und schon sind wir wieder
mitten in der Geschichte eines interessanten Dorfes:*

*Dort, wo die heutige massive Brücke über die Stör geht, gab es
früher eine Fähre, die später von einer hölzernen Klappbrücke
ersetzt wurde. Diese wurde 1442 erstmals urkundlich erwähnt
und verbindet den älteren Dorfteil südlich der Stör mit dem
neueren Ortsteil. Länger als fünfhundert Jahre befand sie sich im
Privatbesitz eines Gemeinschaftsverbandes und wurde von
diesem durch Umlagen, 'Brückenschoß' genannt, erhalten.
Wegen ihrer engen Durchfahrt war die Brücke bei den Kapitänen
nicht sehr beliebt. Zoll wurde von den durchfahrenden Schiffen
mittels eines Klingelbeutels an einer langen Stange vom
Brückenwärter erhoben. Dieser musste mit Hilfe einer Kurbel die
eisernen Gegengewichte der Brücke aufziehen, wenn sich ein
Schiff anmeldete. Es gab einige Kollisionen. Das verhinderten
auch die mächtigen Dalben auf beiden Seiten der Durchfahrt
nicht. Im Jahre 1958 rammte ein Küstenmotorschiff die alte
Holzklappbrücke und brachte ihren Abriss wieder einmal ins
Gespräch. 1958 fiel dieses Wahrzeichen des Ortes der
Modernisierung zum Opfer.*

Die Kirche der ersten Siedlung soll zur Zeit Karls des Großen auf dem 'Hilgenkamp', einer sächsischen Kultstätte, errichtet worden sein. Sie wurde 834 erstmals erwähnt und war die erste Kirche nördlich der Elbe in Schleswig-Holstein. Die Chronik des Ortes bringt den Kirchenbau in direktem Zusammenhang mit der Esesfeldburg in der Oldenburgskuhle. Bei Überfällen der Wenden fiel die alte Kirche einer Feuersbrunst zum Opfer. Die jetzige Kirche, auf einer Wurt gelegen, wurde im 14. Jahrhundert erbaut. Das 'Schloss' zu Heiligenstedten gehörte im Mittelalter in die Reihe der adligen Marschgüter und blickt auf eine wechselhafte Vergangenheit zurück. Waren im 14. Jahrhundert die Krummendieks Besitzer der weitreichenden Ländereien, übernahmen ab 1691 die Blomes das Schloss und Land. Sturmfluten, kriegerische Auseinandersetzungen und die Pest waren Ursachen für den Niedergang. Den Rest übernahm dann der letzte Blom'sche Erbe. Landschulheim (1934) und Alten- und Pflegeheim (1958) waren weitere Verwendungszwecke des einstigen Großgrundbesitzes. Der 'Ottenhof' war die letzte Gutsstelle, die zum Schloss gehörte. Er wurde aufgelöst und 1975 abgerissen. - Das Schloss verwahrloste und stand ebenfalls kurz vor dem Abriss, als sich doch noch ein Liebhaber fand. - Heute befinden sich dort ein restaurierter Gebäudekomplex mit einer Reitsportanlage.

__Bekmünde__ erhielt seinen Namen von der Einmündung der Bekau in die Stör. Geschichtlich ist dieses Bauerndorf sicherlich mit der größeren Nachbargemeinde Heiligenstedten gewachsen, mit der sie auch heute noch viele Gemeinsamkeiten verbinden. An der Einmündung der Bekau in die Stör, dort steht heute das Pumpwerk, lag im Mittelalter die 'Schwedenschanze', auch 'Kreuzschanze' genannt, die von der kriegerischen Geschichte des Dorfes erzählt. Damit wären die historischen Daten des Ortes auch schon erschöpft, wenn es da nicht noch eine Kuriosität *gäbe: - Eine Enklave von Bekmünde liegt mitten im Zentrum von Heiligenstedten. Landbesitz, unmittelbar neben der Kirche, auf dem die Sparkasse und ein Gewerbebetrieb angesiedelt sind. - Das Wappen der Gemeinde zeigt den Zufluss der Bekau mit dem Sperrwerk und dem Stör, der den kleinen Nebenfluss als Laichgebiet nutzte. Und genau hier treffen wir auf eine zweite Eigenart: - Zur Gemeinde gehört auch der 'Hof Schadendorf', jenseits der Bekau, also bereits in der Gemarkung Stördorf. Woher dieser Name kommt, ist nicht sicher bekannt. Sicher ist jedoch, dass dieser alte Bauernhof der einzige ist, der nach den Brandschatzungen Wallensteins, gleich nach dem 30 jährigen Krieg - im Jahre 1648 - wieder aufgebaut wurde. Es ist der älteste Hof in der Wilstermarsch und er gehörte früher zum Kloster von Itzehoe. Wohin man auch sieht: - Geschichte pur. - 'Was heute nur wenige Einwohner von Bekmünde wissen', erzählt Frau Thomsen, die Besitzerin, 'an diesem Anwesen führte früher die alte Heerstraße vorbei, an der Bekau entlang zur alten Störschleuse und von dort neben der Stör nach Heiligenstedten und Itzehoe, bis dann um 1856 die Bundesstraße 5 gebaut wurde.' - Heute ist dieser Privatweg ein beliebtes Ziel für Angler und Maler.*

***Stördorf** erstreckt sich mit seinen Gehöften am nördlichen Ufer längs der Stör, unmittelbar hinter dem Deich. Bereits von den ersten Siedlern wurde der Fluss als Transportweg genutzt, sei es um Waren zu befördern oder um die Kirche zu besuchen. Um 1200 wird der Ort als 'Wilstermunde' mit der Erstbesiedelung erwähnt. Wie auch in anderen Dörfern entlang der Stör wurde das Leben der Bewohner in früheren Zeiten durch die Kirche geprägt. So gesehen, entwickelte sich diese kleine Gemeinde - mehr oder weniger - im Schatten des Kirchspielortes Heiligenstedten. Waren anfangs die Klöster Lehnsherren der*

Dörfler, so wurden es später die Ritter und Großgrundbesitzer, bevor die Einwohner als freie Bauern ihr Land bewirtschafteten. Wie andere Dörfer am Fluss litten die ersten Siedler unter den Franken, nach ihrer 'Bekehrung' unter den Slawen und Dänen und noch später unter den kriegerischen Horden des 30 jährigen Krieges, der Pest und verheerenden Sturmfluten. Von der kriegerischen Geschichte des Dorfes erzählt auch die 'Kreuzschanze', ehemals dort gelegen, wo die Bekau in die Stör fließt. - Im Ortsteil Honigfleth steht heute noch die alte Bockmühle, das Wahrzeichen der Wilstermarsch.

*Gegenüber, am südlichen Störufer, liegt die Gemeinde **Hodorf**. Hier tauchen wir einmal mehr ganz tief in die Geschichte des Ortes ein. Hier fanden die ersten Marschengrabungen in Deutschland statt. Durch Funde von Keramikscherben und Münzen konnte eine Besiedelung des früher bewaldeten 'Ho'dorf für die Zeit von Christi Geburt bis etwa 400 nach Christi nachgewiesen werden, wie aus den 'Berichten und Mitteilungen des Museums vorgeschichtlicher Altertümer in Kiel' hervorgeht. Bei den Grabungen wurden ebenfalls Reste eines alten Bauernhauses entdeckt, das aus der ersten Siedlungsphase stammt und die Urform des Friesenhauses darstellt.*

Genug Altertum. Noch immer um die Vergangenheit geht es jedoch, wenn wir uns etwas näher mit den beiden Hodorfer Fähren befassen. Beide waren Personenfähren mit vergleichsweise 'Billigtarifen', was die heutige Zeit betrifft. - Zwischen Hodorf und Stördorf verkehrte die 'Holler'sche Fähre', nach ihren langjährigen Besitzern genannt. Für die Hodorfer die günstigste und schnellste Möglichkeit, nach Wilster zu kommen. Wollte man - umgekehrt - nach Hodorf übergesetzt werden, musste die im Außendeich an einem Pfahl angebrachte Glocke geläutet werden. - Ein Stück weiter stromabwärts, gleich nach dem, fast einen Kreis beschreibenden, Kasenorter Störbogen, am

'Langen Rack', betrieb Nicolaus von Holdt seine Fähre hinüber nach Gross-Kampen. Seit wann diese beiden Fährverbindungen für Fußgänger, Handwagen, Schlitten, Kälber, Schweine und Ziegen bestanden, bleibt ungeklärt. Sicher ist jedoch, dass beide Fähren wegen der störabwärts bestehenden Konkurrenz unrentabel wurden und ihren Verkehr einstellten.

Der Fischer, Angler und Fährmann Nikolaus v. Holdt war es, dem das bedauerliche Ereignis zugeschrieben wird, im Jahre 1936 den letzten Stör in der Stör gefangen zu haben. - Diese Geschichte erzählt uns jedoch, und das viel besser, der alte Störfischer Friedrich Niehuus selbst:

„Ich erinnere mich genau, dass es 1936 war. Da haben mein Vater Gustav Niehuus und mein Onkel im Störhafen von Itzehoe gelegen, da, wo heute der Einkaufsmarkt ist. Ich war etwa dreizehn Jahre alt und durfte immer mit zum Fischen fahren. Wir sind damals ausgelaufen und haben mit Aalseil und Buttnetz mit zwei Booten in Richtung Wewelsfleth gefischt. In Hodorf, oben auf dem Deich, wohnte Nikolaus von Holdt, der Fährmann. Er war auch Fischer. Sein Haus steht heute noch da. Die lange Strecke hinter seinem Haus heißt das 'Lange Rack' und dort ist der Stör von ihm gefangen worden. - Nach dem Fischen kehrten wir immer bei ihm ein, weil er auch eine Gaststätte hatte. Da haben wir dann immer zusammen gesessen und geklönt und einen Kleinen getrunken; besonders, wenn das im Herbst schon kalt war, wenn wir auf den Aal waren. Da wurde auch schon mal ein schöner Grog getrunken und dann wurde gefachsimpelt. - Und an diesem Tage, wir kamen gegen Abend rein, ging es mit einem Male in der Runde rum: - 'Der Niklaus hat einen Stör gefangen! - Über einen Zentner schwer!' - Ja, der Nikolaus kam dann auch dazu und hat uns das gleich bestätigt. Er hatte den Fisch aber schon nach Itzehoe verkauft. Ich glaube, er ist zum Hotel 'Stadt Hamburg' gekommen, am alten Marktplatz. - Die haben auch unseren Fang immer gekauft. - Das ist, was wir zu wissen bekommen haben, gewissermaßen aus erster Hand. Ich bin, so zu sagen, von dieser damaligen Crew der einzige Überlebende." - Der alte Seemann war nicht zu bremsen. Über die Stör befragt, kam er so richtig in Rage: - „Es ist ja so: Die Stör ist versaut worden. Durch die Gerbereien einmal. Zweitens, weil man die ganzen Laichbuchten mit Steinstack begradigt hat. Da haben früher, in dem schön bewachsenen Sand und so weiter... - was haben da die Fische gelaicht! - Dann hat man für jede Wettern, für jeden Kanal ein Sperrwerk oder eine Pumpstation hingesetzt. - Früher waren es Schleusen. Da konnten die Fische ziehen, konnten laichen in den Kanälen und so weiter und dann zogen sie im Herbst wieder raus. Ich fische heute noch, aber Du kriegst heute kaum noch was zu sehen... - ja, die Stör ist erheblich sauberer geworden. Gute Wasserqualität in der Stör... - bloß, wie gesagt, das große Übel sind die Laichbuchten..." -

So weit ein Fischer von damals. Fotobelege über den Stör in der Stör aus dem Jahre 1936 gibt es leider nicht. - Wie auch? - In der Zeit der Arbeitslosigkeit hatte keiner Geld für Fotoapparate übrig. Außerdem war man eiligst bemüht, den Fang schnell zu verkaufen und zu Geld zu machen.

Die Gemeinde **Beidenfleth** ist uns bereits bekannt. Wir erinnern uns: - Hier in 'Badenfliot' trafen sich 809 der neuen Zeitrechnung die Gesandten Karls des Großen und des Dänenkönigs Göttrick zu Friedensverhandlungen. Die Bezeichnung 'Fleth' wird uns an der unteren Stör noch öfter begegnen, weist sie doch auf einen natürlichen Wasserlauf hin, der hier in den großen Fluss mündet. - Im 12. Jahrhundert wurden auch hier aus den Niederlanden stammende Deichbauexperten angesiedelt, die in der Folgezeit mit ihren hundertjährigen Erfahrungen mit dem 'Blanken Hans' dem Deichbau in den Störniederungen ein neues Gesicht gaben. Auch die Windmühle 'Hoffnung', am Deich gelegen, und zwei Müllerhäuser, im Galerieholländerstil und aus dem 19. Jahrhundert stammend, sind Zeugen dieser Siedler. Seit dem 17. Jahrhundert gibt es in Beidenfleth die Störfähre. Zu jener Zeit noch per Hand betrieben, mauserte sich dieses Transportmittel im Laufe der Zeit zur heutigen Seilzugfähre mit dem schönen Namen 'Else'. Wenn man den Erzählungen der Einheimischen glauben darf, wurde 'Else' auch schon als Taufplattform genutzt.

Bis zur Wende vom 19. zum 20. Jahrhundert bildete die Fischerei neben der Landwirtschaft die wirtschaftliche Grundlage für die Einwohner des Ortes. Von 1818 bis 1825 wurde von Beidenfleth aus mit der 'Harmonie' Walfang im Eismeer betrieben. Auch heute noch ist Beidenfleth ein sehr reges Dorf. Dafür sorgen nicht zuletzt die vielen Vereine und der Yachthafen.

Am gegenüberliegenden Ufer der Stör, selbstverständlich sind wir mit 'Else' übergesetzt, kommen wir nach **Bahrenfleth** mit seinen sehr verwirrenden Gemarkungsbezeichnungen. Eine Reihe von weit auseinander liegenden Ortsteilen gehört zu dieser Gemeinde. Als 'Bardemuhte' wird der Ort im Jahre 1348 zum ersten Male erwähnt. Er hat also, wie viele Gemeinden an der Stör, ein lange Geschichte. Im zentralen Ortsteil Neuenkirchen, dem Kirchspielort für die umliegenden Dörfer, steht die Backsteinkirche 'St. Nicolai' aus dem 13. Jahrhundert. - 'Neue(n) Kirche(n)' wohl deshalb, weil sie, im Vergleich zur Kirche in Heiligenstedten, später gebaut wurde. In Neuenkirchen ist für den Besucher Vorsicht geboten, denn dieser Ortteil ist ein 'Kistendorf', ein Sackgassendorf, in dem die Einfahrtstraße auch die Ausfahrtstraße ist. - In der Nähe des Ortsteiles Fiefhusen wurde vom Mittelalter bis kurz vor dem 2. Weltkrieg eine Personenfähre über die Stör betrieben. Dort stand auch ein Fährhaus, das um 1904 herum abgebrannt ist.

Seit etwa fünfhundert Jahren hat Bahrenfleth, wie auch die anderen sechs Krempermarschgemeinden, einen Schwan im Wappen - und den Stör! - Wenn in der Chronik des Dorfes von Schifffahrt und Fischerei berichtet wird, dann finden auch die Grönlandfahrer des Dorfes aus dem 19. Jahrhundert Erwähnung. Vom sagenhaften Störewer, Pfahlewern und diversen Fischfanggeräten wurde stolz berichtet, mit den auf Aal, Butt, Zander und Karpfen in der Stör Jagd gemacht wurde. Über den Stör wird gesagt, dass es ein Fang war, der dem Fischer mit einem Schlag eine ganze Tageseinnahme brachte. - Auf die Frage, warum der Stör im Wappen aufgenommen wurde, lassen wir den Bürgermeister zu Wort kommen:

„...von älteren Leuten weiß ich noch, wenn Anfang der 20er Jahre ein Stör gefangen wurde, dann nähte man ihn in Sackleinen ein und brachte ihn mit der Schiebkarre nach Kremperheide zum Bahnhof. Von dort ging es dann mit dem Zug nach Hamburg, um ihn dort zu verkaufen..." - „...wenn ein Stör gefangen wurde, der so um einen Zentner wog, dann war das ja schon was. Der musste ja auch aufgegessen werden. Denn mit der Konservierung war das ja noch nicht so doll..." - „...früher war der Stör hier in der Stör so häufig und wurde so reichlich gefangen, dass bei der Einstellung von Dienstpersonal abgemacht wurde, nur einmal in der Woche Fisch auf den Tisch zu bringen..." - „...nachher war das mit dem Stör ja schlagartig vorbei. Hatte vielleicht verschiedene Ursachen..." - „...ist doch insofern eine gute Begründung, dass der Stör in unserem Wappen aufgenommen wurde." - „...ich denke mal, wenn man solche Fische wieder hier heimisch machen will, wie ist das dann eigentlich mit den vielen Propellerschiffen?" - „...haben wir vor ein paar Jahren mal kleine Störe in einem Itzehoer Zooladen gekauft. Die waren im Winter im Aquarium und wurden im Sommer dann in den

Gartenteich gesetzt. Sind ja im Wasser schlecht zu erkennen. Dann sind sie uns abhanden gekommen. Die Reiher haben sie uns aus dem Teich geholt..." - *So weit der Bürgermeister von Bahrenfleth, der übrigens darauf hinweist, dass an der Stör selbstverständlich auch ein Sportboothafen vorhanden ist.*

*Von Bahrenfleth nach **Borsfleth** ist es nur ein Katzensprung. Auch hier treffen wir wieder auf den Schwan im Wappen des Ortes: - Ein aufrecht schreitender goldener Schwan vor rotem Hintergrund. - Er symbolisiert den ewigen Kampf der Gemeinde gegen die Unbillen der vom Meer hereindrängenden Fluten.*

Ihren Ursprung hat die Gemeinde in ihren vier Dorfschaften Büttel, Wisch, Eltersdorf und Ivenfleth. Ein Vorläufer des Itzehoer Klosters lag auf einer Wurt bei Ivenfleth. Die Dorfkirche von Borsfleth wird urkundlich 1307 erstmals erwähnt. Der Glockenturm dieser Kirche wurde viel später, nämlich erst 1899/1900, angefügt. Die Kirche war es auch, die von jeher den Ortskern prägte und dies noch heute tut. Im 16. Jahrhundert begannen die Kirchenherren ihr Land in kleinen Parzellen an Bauernsöhne, Altenteiler und ehemalige Knechte zu verkaufen. So entstand die enge Katensiedlung im Dorfkern mit ihren hübschen Fachwerkhäusern.

Der Weg in den Ort führt über eine Brücke der Au, vorbei an der historischen 'Verlathschleuse'. Von den ehemals fünfunddreißig Bauernhöfen existieren heute nur noch zehn. Dafür wurde, gleich nach dem Bau des Störsperrwerkes im Jahre 1975, im alten Störarm bei Ivenfleth, ein idyllischer Yachthafen eingerichtet. Der weitere Ausbau zu einem Erholungszentrum wurde durch die Landbesitzer verweigert.

In Borsfleth können wir bereits Seeluft schnuppern, wenn auch die Nordsee noch ein ganzes Ende entfernt ist. Aber wir spüren bereits, dass sich unsere Störwanderung dem Ende zuneigt.

*Wir wechseln ein letztes Mal die Ufer der Stör und gelangen nach **Wewelsfleth**, der sagenumwobenen Gemeinde an der Mündung der Stör. Archäologische Funde beweisen, dass dieser Ort bereits in der mittleren Steinzeit dünn besiedelt war. Urkundlich taucht der Name 'Wevelesflethe' im Jahre 1238 auf. Zu dieser Zeit lag die Siedlung noch unterhalb der Störmündung im Elbwatt und hatte bereits eine Kirche. Aller Wahrscheinlichkeit nach gab es dort bereits einen kleinen Hafen, denn der soll, wie gemunkelt wird, auch Seeräubern Unterschlupf gewährt haben. Ende des 15. Bis Anfang des 16. Jahrhunderts mussten die damaligen Bewohner den von See kommenden Stürmen und Fluten weichen. Auf dem Gebiet des alten Humsterdorf entstand das neue Dorf wieder.*

Hier in Wewelsfleth gab es die älteste Störfähre. Sie verband die Wilstermarsch mit der Krempermarsch, wurde 1629 durch königlichen Erlass genehmigt und war schon damals für Fuhrwerke und Gespanne zugelassen. Natürlich wurde die Fähre in ihrer Anfangszeit noch über die Stör gestakt oder gerudert. Wegen der starken Strömung legte man später eine Trosse über den Fluss. An dieser Trosse wurde das Wasserfahrzeug zuerst über die Stör gezogen, bevor es in den 20er Jahren des letzten Jahrhunderts dann mit Motorkraft betrieben wurde. Nach Errichtung des Störsperrwerkes wurde diese Fähre überflüssig. Sie machte 1980 ihre letzte Fahrt. - Neben dieser großen gab es früher noch zwei weitere Fähren für Fußgänger. Eine verkehrte von Uhrendorf und die zweite - bereits 1642 - zwischen Störort und Ivenfleth.

Wewelsfleth ohne seine Werften ist undenkbar. Der Schiffbau im Ort ist jedoch noch älter. Von Schiffzimmerleuten ist bereits die Rede, bevor es Werften gab und und Jürgen Peters im Jahre 1871 die beiden anderen Betriebe kaufte und sie seiner Werft einverleibte. Hier wurden auch die Störewer gebaut. 1905 war es 'Hermann', der letzte Holzewer, der auf dieser Werft unter Claus Witt gefertigt wurde. -

Heute ist Wewelsfleth ein sehr betriebsamer Ort mit viel Geselligkeit und zahlreichen Vereinen. Ein Yachthafen gehört selbstverständlich auch zum Ambiente. Doch nicht nur das: - Das idyllische Dorf an der Störmündung wurde - Sie mögen es glauben oder nicht - auch von der Muse geküsst. Die Dorfchronik berichtet über Schriftsteller und Maler, die hier gelebt und dem Dorf - mehr oder weniger erwünscht - ihren Stempel aufgedrückt haben, wie das Döblin-Haus. - Um auf das Sagenhafte dieses Dorfes zurückzukommen, zitieren wir aus der Chronik den 'Apfelschuss' des Henning von Wulffen:

Nach alten Überlieferungen hat sich in Wewelsfleth im Jahre 1472 Folgendes zugetragen: - „Nachdem sich die Marschbewohner, die durch den Grafen Gerhard, eines Bruders des in der Wilstermarsch regierenden Dänenkönigs Christian I., aufgewiegelt wurden, gegen den König erhoben, rückte dieser mit seinen Soldaten, unterstützt von Hamburgern, in die Marsch ein. - Es gab schwere Kämpfe, in deren Verlauf es sich zeigte, dass die Marschbewohner unter ihrem Hauptmann Henneke Wulf (Henning von Wulffen) unterliegen würden. Hennecke Wulff musste fliehen und versteckte sich in einem Reetscharren am heutigen Störwanderweg. Sein Hund, der ihm nachfolgen wollte, hat ihn aber durch seine Anhänglichkeit und Treue verraten. - Henneke Wulff wurde dem König vorgeführt. Der König, der von den Schießkünsten des Marschenhauptmannes wusste, befahl ihm, einen Apfel vom Kopf seines einzigen Sohnes mit der

Armbrust zu schießen. - Henneke Wulff tat, wie ihm befohlen wurde, steckte sich aber einen zweiten Pfeil in den Mund. Auf Befragen des Herrschers, was dieses denn solle, antwortete er: 'Wenn der erste Pfeil sein Ziel verfehlt hätte, hätte ich mit dem zweiten Pfeil auf den König geschossen'. - Nach dieser mutigen Äußerung musste Henneke Wulff fliehen. Er kam bis Dithmarschen und wurde dort, so die Sage, von Einwohnern umgebracht. - Seine in Dammducht liegenden Ländereien und der Hof fielen an den König. Es galt fortan als Königsland...' - So weit die Sage.

In der Wewelsflether Trinitatis-Kirche zeigt ein Gemälde einen Armbrustschützen, der gerade einen Pfeil abgeschossen haben muss. Dieser steckt in einem Apfel auf dem Kopf eines Knaben. Der Schütze hat einen zweiten Pfeil im Mund.

Beim Lesen dieser Geschichte begann irgendwann ein Glöckchen zu läuten. Ging es Ihnen ebenso? - Das kenne ich doch! - Das habe ich doch schon mal gehört! - Richtig! - Schiller, Wilhelm Tell und der Rütli-Schwur. - Wenn wir nun noch erfahren, dass der gute Friedrich v. Schiller sich bei einem Verwandtenbesuch in Glückstadt aufhielt, und diese wiederum Verbindungen nach Wewelsfleth hatten, er von diesen vielleicht sogar von dem tapferen Marschenhauptmann gehört hat, dann könnte man doch fast meinen, dass..... - Nein, so weit wollen wir nun wirklich nicht gehen.

Stattdessen verlassen wir Wewelsfleth auf dem Wanderweg über Störort zum Störsperrwerk. Wir stehen nun über dem Fluss und unsere Wanderung entlang der Stör endet hier. Wir haben vierundachtzig Flusskilometer bewältigt, eine sehr abwechslungsreiche Landschaft sowie historische Stätten kennen gelernt und eine Menge über die geschichtsträchtige Vergangenheit der Bewohner an beiden Ufern des Flusses erfahren. Wir staunen über den gewaltigen Bau, der seit 1975 die

Deiche der Stör schützt und die Niederungen beiderseits vor Überflutungen bewahrt. Unser Blick geht nach Westen, dorthin, wo sich Elbe und Stör vereinen und gemeinsam zur Nordsee ziehen. Und aus dieser Richtung kam in jedem Frühjahr der Fisch, an den sich kaum noch jemand erinnert, und mit dem wir uns deshalb nun etwas näher befassen werden.

* * *

Der Stör

wurde vom Verband Deutscher Sportfischer zum **Fisch des Jahres 2001** gekürt. Wenn man nun bedenkt, dass dieses Lebewesen bereits vor cirka 250 Millionen Jahren in unseren Gewässern heimisch war, jedoch innerhalb nur eines Jahrhunderts von den Menschen ausgerottet wurde, dann kann man getrost und mit einem schlechten Gewissen sagen: - Es wurde allerhöchste Zeit, dem Stör mindestens ein symbolisches Denkmal zu setzen. - Dieser Fisch ist ein Indikator für gesundes und naturnahes Wasser. - Wenn es also gelingt, Verständnis für dieses Lebewesen zu wecken und gleichzeitig Pforten der Wiedergutmachung zu öffnen, sind wir schon einen großen Schritt weiter.

Um diesen Weg gemeinsam beschreiten zu können, müssen wir uns jedoch zunächst einmal mit dem Stör selbst befassen, ohne dabei zu sehr in wissenschaftliche Details abzuschweifen. Dieses Vorhaben wird deshalb nicht ganz einfach sein, weil heute kaum noch Menschen leben, die einen Stör zu Gesicht bekommen haben. Wie gesagt: er ist aus den norddeutschen Gewässern, auch aus unserer Stör verschwunden, weil, wie wir nun wissen, Flussregulierungen, Wasserverschmutzung und Überfischung diesen harmlosen, aber sehr gewinnträchtigen Fisch vertrieben haben. Auf der Suche nach dem Stör müssen wir uns deshalb vorwiegend auf Überlieferungen stützen.

Es gibt heute auf der Welt noch 27 verschiedene Störarten, die allesamt seit dem 1. April 1998 unter dem Schutz des Washingtoner Artenschutzabkommens stehen. - Dass dieses Abkommen nicht überall eingehalten wird, ist kein Geheimnis. Denken Sie nur an den kriminellen Raubfang von Stören in der Wolga, der aus rein kommerziellen Gründen betrieben wird. - Es wäre wenig sinnvoll, wenn wir uns jetzt mit sämtlichen Störarten befassten. Das würde nur verwirren und vom eigentlichen Thema ablenken. Wir 'angeln' uns den Stör heraus, dessen Namensgleichheit mit unserem Heimatfluss hervorsticht, und von dem heute ein Exemplar, einsam und verlassen, im Aquarium der Insel Helgoland herumschwimmt. Siebenundzwanzig weitere, noch nicht laichreife Störe werden vom Institut für Binnenfischerei und Gewässerökologie, Berlin, streng behütet. Diese Tiere stammen aus wildlebenden Restbeständen in der Girondemündung bei Bordeaux. Sie wurden dem Institut von Frankreich zur Verfügung gestellt, um Besatzfische zu gewinnen und den Bestand zu vermehren.

Unser Dank gilt also den Franzosen. Unsere Hoffnung jedoch ruht auf den Schultern der Biologen unseres Landes, die sich mit der Wiederansiedlung des Störs in unseren Flüssen eine enorme Aufgabe gestellt haben.

Und hier sehen wir ihn nun, den Fisch, um den sich unsere Erinnerungen und Hoffnungen bewegen: - Er hört auf den schönen lateinischen Namen

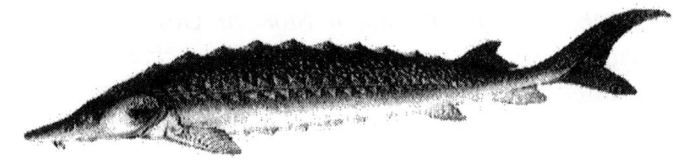

Acipenser sturio, auch echter oder atlantischer Stör genannt.

Er wird auch ganz profan als **gemeiner Stör** bezeichnet, was jedoch keine Anspielung auf seinen Charakter sein soll. Dieser Fisch war einst an allen Mittelmeer- und Atlantikküsten, von Island bis zum Nordkap, einschließlich der Nord- und Ostsee, beheimatet. Bis etwa in die Mitte des neunzehnten Jahrhunderts war dieser Fisch ein bedeutender Teil unserer heimischen Fischfauna. Auch unsere Stör war ein sehr ertragreiches Fanggebiet. Seit den 30er Jahren des vergangenen Jahrhunderts gilt er in deutschen Gewässern als verschollen oder gar ausgestorben. Der gemeine Stör war ein riesiger Fisch. Einzelne Exemplare konnten eine Länge von sechs Metern erreichen und mehr als hundert Jahre alt werden. Sein Durchschnittsalter wird in der Literatur allerdings mit 75 Jahren, sein Gewicht mit bis zu 250 kg und seine Länge mit bis zu drei Metern angegeben, was ja auch noch recht beachtliche Maße sind. Von diesen allgemeinen Aussagen über den Fisch machen wir nun einen Sprung in die Vergangenheit, in eine Zeit, als unser Stör sich noch in weiter Verbreitung seines Lebens erfreute.

Die meiste Zeit seines Lebens verbrachte der gemeine Stör im Meer. Zur Vermehrung wanderten Weibchen und Männchen gemeinsam die Flüsse hinauf und kehrten danach wieder ins Meer zurück. Was diese Tiere für gewaltige Strecken zurücklegten, beweist die Tatsache, dass zur Laichzeit Störe bei Breslau in der Oder, in der Elbe bei Prag und im Rhein bei Schaffhausen entdeckt wurden. So gesehen, hatten diese Fische bis in den Oberlauf der Stör einen vergleichsweise kurzen Wanderweg zu bewältigen.

Das Äußere des 'gemeinen Störs' zu beschreiben, fällt nicht schwer. Eine 'Schönheit' war oder ist dieser Fisch jedenfalls nicht, was seiner Beliebtheit jedoch keinen Abbruch tun sollte. - Störe haben ein haiähnliches Aussehen, obwohl sie mit diesem Raubfisch ansonsten gar nichts gemein haben. Ihr Körper ist *langgestreckt, die Schnauze lang und spitz ausgezogen mit unten liegendem Maul, wie beim Hai, davor stehen vier Barteln. Das sind die Sonden oder Suchorgane des Tieres, mit denen er seine Nahrung aufspürt, um sie sodann mit dem vorstülpbaren Maul aufzusaugen. Zur Nahrung des Störs gehören Würmer, Schnecken, Muscheln, Kleinkrebse und kleine Fische. Das Schuppenkleid ist auf fünf Längsreihen verknöcherter Schilde am Rücken, Bauch und den Seiten reduziert. Es sind auch die einzigen Waffen, die unser Stör zur Abwehr seiner Feinde einsetzen kann, denn er verliert seine Zähne bereits in den ersten drei Monaten seines Wachstums. Seine Rückenpartie zeigt sich in einer blau-grauen bis grünlichen Färbung, die Seiten sind silbrig grau, während die Bauchseite heller, fast weißlich gezeichnet ist.*

Gönnen wir uns an dieser Stelle einen kurzen Ausflug in ein naturgeschichtliches Volksmärchen über die vier Bartfäden des Störs: - 'Der Stör hatte früher gerade solches Maul, wie alle übrigen Fische auch haben. Nun war er aber von jeher ein großer Fresser, und um satt zu werden, verzehrte er große Mengen anderer Fische. Mit Vorliebe machte er sich an die Heringe, und schon war es so weit gekommen, daß die Heringe anfingen auszusterben. Da gebot der liebe Gott dem Stör, nicht so viel zu fressen. Der aber ließ sich dadurch nicht abhalten, und deshalb nähte der liebe Gott ihm seinen Rachen zu und schnitt ihm unterhalb davon ein neues Loch in den Hals, durch das er von jetzt ab seine Nahrung zu sich nehmen mußte. Der Zwirnsfaden aber, womit der liebe Gott ihm das Maul zugenäht hat, ist noch jetzt am Stör zu sehen'. - Wenn das keine einleuchtende Erklärung ist...

Nur wenige von uns haben je einen frei lebenden 'gemeinen Stör' gesehen, wenn wir das Aquarium auf Helgoland oder das erwähnte Institut in Berlin nicht kennen. Aller

Wahrscheinlichkeit nach werden wir Älteren auch nie einen zu Gesicht bekommen, falls wir diese Besuche nicht bald nachholen. Wie aber wollen wir dann verstehen, wie dieser Fisch gelebt hat? - Zum Glück haben sich Wissenschaftler mit diesem Thema befasst. Doch wissenschaftliche Abhandlungen sind das Letzte, was wir normalen Mitteleuropäer über den Stör lesen wollen. - Was bleibt uns also anderes übrig, als wieder einmal unseren Einfallsreichtum zu bemühen? - Versetzen wir uns in die Zeit zurück, als es den Stör noch in Massen gab, wenn das auch schon sehr lange zurückliegt.

Es ist Frühjahr. Gegen Ende April begleiten wir einen Schwarm gemeiner Störe vom Atlantik, durch den Ärmelkanal bis in die Nordsee. Auf diesem Wege haben sich schon viele der Fische abgesondert und sind in den Flussmündungen der Seine , Weser und anderer Ströme verschwunden. Mit dem Rest des Schwarmes gelangen wir in die Elbe und von dort, aus welchen Gründen auch immer, in die Stör. Die Wanderung bis hierher hat Wochen gedauert. Unsere Störe ziehen mit trägen Bewegungen über den Flussboden. Mitunter schiebt einer von ihnen sein Saugmaul nach vorn, um einen Borstenwurm aufzunehmen. Doch das geschieht eher selten. Plötzlich werden wir jedoch überrascht, als einer der trägen Fische wie ein Torpedo nach vorn schießt. Ein anderer katapultiert sich über den Wasserspiegel hinaus nach oben, fällt zurück und verfällt gleich darauf wieder in seine behäbigen Schwimmbewegungen. - Warum tun sie das? - Vielleicht wollen sie mit diesen schnellen Bewegungen ihre Kiemen reinigen. Wir können es nur vermuten. Es sind Männchen und Weibchen, die wir begleiten. Sie sind gut zu unterscheiden. Die männlichen Störe sind schlanker und kleiner als die fülligen Weibchen.
Wir haben inzwischen begriffen, dass der Schwarm auf der Suche nach einem geeigneten Laichplatz für die Weibchen ist.

Damit kennen wir auch in etwa das Alter der Wöchnerinnen, die von der Fachwelt als Rogner bezeichnet werden. Sie müssen jetzt so um die fünfzehn Jahre alt sein und sind Monate zuvor im Atlantik geschlechtsreif geworden. Immerhin haben die jungen 'Damen' bereits die stattliche Länge von 180 cm erreicht. Dagegen sehen die begleitenden 'Herren' mit ihren gerade einmal 120 cm noch recht unerwachsen aus, obwohl sie schon einige Jahre früher geschlechtsreif werden.

Das Wasser in der Stör wird immer flacher und damit auch wärmer, je weiter wir den Fluss hinauf kommen. Wir können beobachten, wie einige der Fische bis zur Wasseroberfläche aufsteigen, sich treiben lassen und dabei offensichtlich ein Sonnenbad nehmen. Eine sehr gemütliche Familie, der wir da auf den Flossen sind. Die Tiere sind arglos und ahnungslos. Sie kennen weder die Menschen noch die Netze, mit denen sie gefangen werden. Die Suche nach einem günstigen Laichplatz geht weiter. Dabei sind die Weibchen sehr wählerisch. Wir beobachten, dass sie immer wieder tiefe, kiesige Kuhlen aufsuchen, um dort einen Teil ihrer Eier in Ruhe abzulegen. Das Sexualleben unserer Störe ist nur kurz und sehr einfach. Dabei verhalten sich die Männchen wie zuverlässige und hilfsbereite Partner. Sie drängen sich mit sanfter Gewalt an das Weibchen heran, nehmen es in die Mitte, reiben und drücken auf ihren Leib und ermöglichen damit ein leichteres Abstoßen der Eier. Danach spritzen die Männchen ihre Milch über die am Kies haftenden Eier. Die Spermien suchen sich ihren Weg. Dieses Liebesspiel wiederholt sich auf der Wanderung flussaufwärts einige Male. - Wir verabschieden uns diskret von den Liebespaaren in der Stör. Nach diesem aufschlussreichen Unterwasserabenteuer wollen wir wieder in die Realität auftauchen.

Wie lange sich die erwachsenen Störe in den Laichflüssen aufgehalten haben, ist nicht genau bekannt. Jedenfalls wanderten sie nach dem Ablaichen nahe der Oberfläche ins Meer zurück. An dieser Stelle noch eine sehr interessante Tatsache: - Auch unsere gemeinen Störe produzierten Laute, durch die sie auf ihren Wanderungen miteinander kommunizierten! - Die Fachliteratur macht nur recht vage Angaben darüber, wann die Störe, nach einer Erholungspause, wieder mit der Reise in die Flüsse begannen. Das hing mit ihrer Geschlechtsreife zusammen, die sie nur alle zwei bis drei Jahre erreichen, was jedoch ebenfalls nicht einwandfrei erwiesen ist. Bleiben wir deshalb zunächst einmal bei der Brut, die unser Schwarm im Oberlauf der Stör zurückgelassen hat.

Der gemeine Stör war sehr fruchtbar. Die Eimasse konnte bei reifen Weibchen 10 bis 25 Prozent des Körpergewichtes ausmachen. Wir wissen inzwischen, dass die Eier nicht nur an einem, sondern mehreren Orten im Fluss abgesetzt wurden. In diesen Laichschüben setzte ein Weibchen insgesamt bis zu 2,5 Millionen Eier ab, die etwa drei Millimeter groß waren. Nach der Befruchtung entwickelten sich die Eier sehr schnell, bereits nach drei bis fünf Tagen, zu kaulquappenähnlichen Larven. Vierzehn Tage nach der Eiablage wurden bei diesen Larven bereits Zähne im Unter- und Oberkiefer nachgewiesen. Es ist schon erstaunlich, dass 7-8 cm lange Jungstöre bereits eine vollständig ausgebildete Hautbewaffnung, die Schildreihen, aufwiesen. Am Ende des ersten Sommers, also ungefähr vier Monate nach der Befruchtung, waren die Störe bereits etwa 15 cm, im Frühling des folgenden Jahres doppelt so lang.

Über die Dauer des Aufenthaltes dieser jungen Störe im Süßwasserbereich gibt es keine genauen Angaben. Biologen gehen davon aus, dass die Fische nach zwei Jahren dieses Gebiet in Richtung offenes Meer verlassen haben. Zu dieser Zeit waren die jungen Störe ungefähr 40-60 cm groß. Im

Salzwasser des Atlantik lebten sie dann bis zur Geschlechtsreife. Die Weibchen also etwa fünfzehn Jahre und die Männchen acht Jahre. Erst dann suchten sie gemeinsam die Laichplätze in den Flüssen auf. Ob das nun die gleichen Orte waren, die sie als Jungstöre verlassen hatten, bleibt unklar. - Damit war ihr Entwicklungskreislauf abgeschlossen.

Bis jetzt haben wir schon eine Menge Wissenswertes über die sturia, die Stör, nämlich unseren Fluss, und den Acipenser sturio, den gemeinen Stör, erfahren. An dieser Stelle sollte es möglich sein, einige Spekulationen über die Namensgleichheit anzustellen: Gehen wir davon aus, dass der Fisch sehr viel älter ist als der Fluss. Irgendwann hat ihm jedoch irgendwer seinen Namen 'acipenter sturio' gegeben. Die Bezeichnung 'aci' kommt aus dem Lateinischen von 'acus', die Spitze, und 'penser' von 'pensa' oder 'penna', die Flosse oder Feder. Damit wird eine spezielle Gattung der Störe bezeichnet. Interessanter ist der Begriff 'sturio', der Große. Sehr großzügig übersetzt, könnte das 'der große Fisch mit dem spitzen Kopf und der langen Flosse' bedeuten. Sehr treffend, denn Hinweise in der Literatur besagen, dass der Stör eine Rekordlänge von mehr als fünf Metern und ein Gewicht von mehr als einer Tonne erreichen konnte. Doch zurück zur Namensgleichheit.

Sowohl der Fisch als auch der Fluss werden als 'sehr groß' bezeichnet. Wir erinnern uns: - Die Stör bekam unter den Franken mit 'super ripam Sturiae fluminis' diesen Namen. Wenn sich im Laufe der Zeit das 'u' im Wort sturia in ein 'o' verwandelte, wie es bei anderen Bezeichnungen ebenso der Fall war, dann ist es bis zum Begriff 'Stör' nur ein kleiner Schritt. Bleibt dennoch die Frage, wer beiden diesen Namen gegeben hat. Könnten es nicht unsere Vorfahren, die alten Sachsen, gewesen sein? - Oder ihre Bezwinger, die Franken? –

Schließlich lebten diese Menschen 'am großen' Fluss und da war es doch naheliegend, dass sie auch den großen Fisch gesehen, wenn nicht gar gefangen haben. - Ist das so abwegig?- Bitte, wir wollen hier keine Theorie aufstellen, sondern lediglich eine Möglichkeit in Erwägung ziehen. Und ganz so illusorisch ist diese Überlegung nun auch wieder nicht.

Ein Stichwort fiel uns bei dieser Gedankenfolge auf: - Der Stör wurde gefangen! - Und damit leiten wir ein ganz neues Kapitel ein. Wir begeben uns in eine zeitlich begrenzte Periode, die unserer Region zu ungeahntem Reichtum verhalf und den Fisch, den wir hier besprechen, zum Untergang verurteilte.

Der **Störfang** war - im Grunde genommen - kein Handwerk, auf das wir stolz sein könnten. Um das zu erkennen, müssen wir jedoch wieder einmal einen Sprung in die Vergangenheit wagen.

Die ahnungslosen Störe mögen sich zu den Zeiten unserer Vorfahren noch über die Holzschiffe und Ruder gewundert haben, wenn sie nach ihren Laichplätzen unterwegs waren. Und die alten Germanen sind wahrscheinlich ebenso erstaunt gewesen, wenn sie plötzlich einen sonnenbadenden Fisch neben ihrem Kahn entdeckten. Wahrscheinlich waren die ersten Angelgeräte Wurfspieße, was unter den zahlreichen Stören, die damals unseren Fluss bevölkerten, noch keine großen Lücken riss. - Doch halt!

Bleiben wir zunächst bei den Franken, die im 9. Jahrhundert nach Christi jenen befestigten Platz an der Stör gründeten und ihn 'Echeho' nannten. Da war auch von einer Fischersiedlung in der Störschleife die Rede. - Waren das die ersten Störfischer oder Fischer auf der Stör? - Wir achten auf den kleinen Unterschied in der Fragestellung. - Es wäre doch immerhin möglich, dass diese Fischer den Stör nicht nur mit Spieß und Haken gefangen, sondern raffiniertere Methoden angewandt *haben. Leider gibt es von ihrem Handwerk keine Überlieferungen, so dass wir auf Vermutungen angewiesen sind.*

Doch die Zeiten der primitiven Fischerei auf der Stör änderten sich rasch. Aus einfachen Ruderbooten wurden Segler mit tiefgehenden Kielen und noch später brachten Schiffsschrauben Unruhe in die Flüsse. Und die Menschen kamen auf den Geschmack. Sie erkannten, dass ein Fisch, besonders der Stör, nicht nur recht schmackhaft war, sondern auch klingende Münze brachte, wenn man ihn entsprechend verwertete. Und damit begann in der Unterelbe und ihren Nebenflüssen, also auch auf unserem Fluss, die Jagd auf den gemeinen Stör. Die wandernden Fische wurden mit zunehmend spezialisierteren Geräten gefangen. Den Fischern war nicht verborgen geblieben, dass sich der Stör vorwiegend über den Grund bewegt. Es wurden Treibnetze eingesetzt, die zwischen zwei Booten ausgelegt wurden. Eine Besonderheit dieser Netze waren die Schwimmer oder 'Pümpel', die das Netz aufrecht hielten und durch ihr Dümpeln anzeigten, wenn sich ein Fisch im Netz verfangen hatte.

Mit dieser Methode wurden große Flussstrecken abgesucht. Gefischt wurde mit der Ebbe und der Flut treibend. - In der Chronik von Bahrenfleth heißt es: - '...beim Buttfischen hatte man manchmal das Glück, auch einen Stör im Netz zu haben. Dann hatte der Fischer sein Brot für den Tag verdient. Er brachte diesen sofort nach Glückstadt zum Fischhändler. Vorher steckte er dem Fisch einen Strick durch die Kiemen und befestigte den Strick am Boot. Der Fisch trieb so im Wasser neben dem Boot her; er durfte wegen der kostbaren Rogen (Fischeier) nicht austrocknen...' - Es wird behauptet, dass der bedauernswerte Fisch, derartig drangsaliert, acht Tage und länger überleben konnte. Wollen wir diesen Fischern zugute halten, dass sie keine bessere Möglichkeit sahen, ihren wertvollen Fang auf den Markt zu bringen.

Wegen seiner Größe war der Stör recht schwer zu bewältigen, weshalb er von kleineren Booten nur auf diese Weise transportiert werden konnte. Dieses Bild, eines 1969 in der Eider gefangenen Störs von 2,6 Metern Länge und einem Gewicht von 105 Kilogramm mag uns eine Vorstellung geben, mit welchen Schwierigkeiten die Fischer zu kämpfen hatten.

Obwohl der in den Netzmaschen verfangene Fisch sehr harmlos war und sich verhältnismäßig leicht aus dem Wasser ziehen ließ, verlief der Störfang nicht immer ungefährlich. Mit gewaltigen Schlägen seines bewaffneten Körpers, denken wir

an die fünf Knochenschildreihen, entwickelt er ungewöhnliche Kräfte. Er konnte mit einem Hieb Arm oder Bein des Fischers bis auf den Knochen zerschlagen.

Im Allgemeinen galt der Stör als träge. Das betraf insbesondere die laichfähigen Weibchen. Hingegen benahmen sich im Zustand der Sterilität oder in einer Pause der geschlechtlichen Tätigkeit befindliche Fische oftmals sehr lebhaft und beweglich. Diese wurden meistens in der offenen See bei akrobatischen Sprüngen angetroffen. An der Nordseeküste war zu den guten Fangzeiten eine Redensart üblich: - 'Springende Störe und tanzende Mädchen sind schwer zu halten.' - Doch wieder zurück zum Störfang in der Mitte des 19. Jahrhunderts.

Aus dieser Zeit wurden Geschichten überliefert, die uns sowohl zum Schmunzeln anregen, als auch nachdenklich stimmen sollten. - Da wird aus Nordamerika berichtet, dass '...die Störe von Neu-Braunschweig von enormer Größe sind, oft eine Länge von zehn bis zwölf Fuß erreichen und sehr hohe Luftsprünge machen. Es ist interessant, sie über die Stromschnellen springen zu sehen, immer von einem Vorsprung zum nächsten. Hier läuft noch eine Geschichte um, nach der eines Morgens ein springender Stör in dem Rindenkanu einer Indianer-Squaw landete. Die gute Frau verlor keinen Augenblick die Geistesgegenwart, warf sich längelang über den Fisch und - in voller Länge über ihm liegend und mit den Händen ihr gebrechliches Fahrzeug vorwärts paddelnd - schaffte sie beides, Boot und Fisch, sicher ans Ufer'. - Dieser Indianerin war der Fisch offenbar so wichtig, dass sie ein großes Risiko einging, um ihn zur Auffrischung des Speisezettels an Land zu bringen.

Aus dem entgegengesetzten Winkel der Erde, vom Ural, wird im Jahre 1952 über eine ganz andere, sehr eigenartige Störfang-Methode berichtet: - 'Zweimal im Jahr wird von den Uralkosaken im Uralfluß der Stör gefangen. Zum Schutz des dortigen Fischreichtums haben die Kosaken sehr strenge Gesetze erlassen. So darf der Fluß von keinerlei Segelfahrzeug *befahren werden, von Dampfern gar nicht zu reden. Nur zweimal im Jahr, jedes Mal vierzehn Tage lang, darf dort gefischt werden, was dann unter Beteiligung der gesamten Bevölkerung geschieht. Die erste Fangzeit liegt im Herbst, und der Fang geschieht mit Treibnetzen auf die gleiche Weise wie in anderen Flüssen am Kaspischen Meer. Da mehrere Hunderte von Kosaken am Fang teilnehmen, folgen die Netze dicht aufeinander. Die zweite Fangzeit findet im Winter, bei vereisten Flüssen, statt. Eine große Zahl mit Harpunen bewaffneter Kosaken umringt einen Flussabschnitt. Bei einem gegebenen Zeichen wird eine Kanone abgeschossen, und jeder schlägt dann da, wo ersteht, ein Loch ins Eis und versucht, dort hindurch einen der durch den Lärm aufgescheuchten Störe zu harpunieren. Die Kosaken, die bei dieser Fischereiart von Weib und Kind begleitet sind, die auf einem Schlitten die Kochgerätschaften und Zelte mitführen, verziehen sich, wenn sie einen Flussabschnitt so ausgefischt haben, etwas weiter flussabwärts, und so weiter bis zur Mündung. Der gefangene Fisch wird von Aufkäufern übernommen, die überall hinkommen mit Wagen oder Schlitten, auf denen sie Zelte und alles für die Kaviarverarbeitung Nötige mitführen. Der Kaviar wird an Ort und Stelle bearbeitet, und der geschlachtete Fisch, frisch oder gefroren, an die nächste Eisenbahnstation gebracht und den verschiedenen Märkten zugeführt'. -*

Was sagen uns diese beiden Berichte? - Zunächst einmal, dass der Stör an vielen Orten der nördlichen Erdkugel ein beliebtes Fangobjekt war. Sei es nun, um den Speiseplan zu bereichern oder aber den wertvollen Kaviar zu gewinnen. Diese beiden Beispiele sprechen jedoch auch von der Genügsamkeit der Fischer, ob nun unbewusst, wie bei der Indianerin oder sehr bewusst bei den gestrengen Kosaken. Auf jeden Fall zeigen sie uns auf, dass in unserer Region, an der

Elbe und ihren Nebenflüssen, der denkbar schlechteste Weg beschritten wurde, womit wir wieder beim Störfang in unseren Bereichen angelangt sind.

*

An dieser Stelle sei eine Mahnung eingefügt, die 1675 von Pastor Petrus Hesselius ausgesprochen wurde:

„Erstlich gibt uns die Elbe den Stör / und das unterweilen so reichlich / daß man dem höchsten Gott nicht gnug dafür dancken kan. Es ist der Stör einer mit von den grösten Fischen. Wie den Anno 1661 im April einer zu Hamburg angebracht / der für 20 Thaler verkauft worden. Davon der Kopf 128 Pfund gewogen / und das Fett von der einen Seiten 58 Pfund. Da es also fast eine Sünde / wenn man dieselbe noch ganz klein fänget und zu Marckt bringt. Darüber denn die Obrigkeit wol halten möchte / und verordnen / daß die Stör / Lachs und Butte nicht so klein solten gefangen und verkaufft werden. Man wil ja Gott und der Natur keine Zeit lassen. Aber was thut doch die Begierde zum Gelde nicht!"

Weder diese noch die Warnung Dallmers, zweihundert Jahre später, wurden beachtet: - 'Das Fangen außer der Laichzeit in größeren Gewässern kann den Fischbestand nicht auf die Dauer schädigen... - ...Lasst die Fisch nur ruhig laichen, und dann fangt, was ihr von marktfähigen Exemplaren erreichen könnt; für das Nachwachsen der übrigen sorgt schon die Natur'. - Aber gerade das war ja das Verderbliche beim

Störfang, dass die Fische kurz vor der Laichzeit gefangen wurden und obendrein in so jugendlichem Alter, dass nur durch Zufall Zuchttiere übrig blieben.

Der Stör war im norddeutschen Raum ein so wichtiger Wirtschaftsfaktor, dass im Jahre 1871, eigens für seinen Verkauf, eine Auktionshalle in Hamburg-Altona gebaut wurde; die sogenannte Störhalle. Die jährliche Fangquote betrug damals um die tausend Tonnen! - An den großen Strömen gab es eigene Störflotten, die diesem Riesen nachstellten. Wer von uns kennt nicht den Namen Hagenbeck. Für Erwachsene und Kinder ist er ein Begriff und untrennbar mit dem zoologischen Garten in Hamburg verbunden. Aber wer von uns wusste schon, dass der alte Hagenbeck Fischhändler war und zu dieser Zeit bis zu 5000 Störe jährlich verkaufte? - Bei einer Länge bis zu fünf Metern und einem Gewicht bis zu tausend Kilogramm ein wahrhaft imposantes Fangergebnis.

Hauptfanggebiete waren neben der Elbe und dem Wattenmeer die Oste, die Eider und auch die Stör. Aus der Literatur ist bekannt, dass der Stör früher, das heißt bis etwa 1890/1895, der wirtschaftlich wertvollste Fisch im Fluss Stör gewesen ist. Den Unterlauf der Stör suchte der Stör zum Laichen auf und wurde von Beidenfleth bis zur Mündung in die Elbe in Massen gefangen. Noch früher stieg der Stör sogar bis nach Kellinghusen auf. Kleinere Störe wurden in den Mündungsbereichen der Wilster-Au und der Bünzener Au gefangen. Den Fischreichtum unseres Flusses bestätigt ein Zitat aus dem Fischereiamt Schleswig-Holstein: - 'Nach dem Hauptaufstieg der Störe in der Elbe pflegten im allgemeinen in der Stör im Juli viele kleine Milchner-Störe zu erscheinen, die dort befischt wurden. Im Jahre 1894 wurden so dort 151 Störe, davon 135 Milchner und 16 Rogner, gefangen. Im Jahre 1895 waren es 125 Störe, davon 110 Milchner und 15 Rogner.'

Interessant sind in diesem Zusammenhang Fangergebnisse, wie sie der Fischereiverein Glückstadt veröffentlicht hat. Danach sind im Jahre 1874 insgesamt 1249 Störe in den Glückstädter Hafen gebracht worden. Davon wurden immerhin 319 Fische von an der Stör wohnenden Fischern gefangen. Die Blütezeit des Störfanges lag demnach im letzten Drittel des 19. Jahrhunderts. Leider blieb es nicht dabei.

Selbst auf die Gefahr hin, dass wir uns wiederholen, sollten wir uns erinnern: - Um die gleiche Zeit begann die Industrialisierung nicht nur in Schleswig-Holstein, sondern überall in deutschen Landen. Damit verbunden waren die Verunreinigung der Fischgewässer, was wiederum zur Folge hatte, dass sich auch der Stör immer weiter aus seinen ursprünglichen Laichgebieten zurückzog. Hinzu kamen die Flussbegradigungen, Sperrwerke, Schleusen und Uferbefestigungen sowie eine planlose Überfischung.

Der Fischereiverein Glückstadt berichtet in einem seiner Hefte, dass im Jahre 1878 allein im Bereich Glückstadt-Kollmar 232 Fischer auf Störfang ausgewesen seien. Damals gab es für einen Rogener im April, also zur Laichzeit, 36 Mark. Ein Batzen Geld für diese Zeit. In den beiden letzten Jahrzehnten des 19. Jahrhunderts nahmen die Störbestände in der Unterelbe, und wohl auch in der Stör, rapide ab. Wurden 1892 noch 4272 Exemplare gefangen, so waren es acht Jahre später nur noch 1416, im Jahre 1914 noch 71 und 1998 noch gerade einmal 13 Exemplare. - Wohlgemerkt: - Darunter war zuletzt kein einziger Fisch von der Gattung des gemeinen Störs, die wir hier besprechen. - Der gemeine Stör gilt bei uns als verschollen.

Diese trockenen Zahlen sprechen für sich. Der Glückstädter Verein schreibt dazu in seinem Heft deutliche Worte: - 'Der

Stör, einst überaus zahlreich, verschwindet immer mehr. Vor einem Menschenalter wurden alljährlich 6-8000 gefangen, jetzt kommen keine 700 ins Netz...' -

Die Störfischer der Unterelbe und Stör erkannten die Gefahr. Allerdings befanden sie sich zu diesem Zeitpunkt bereits in einer recht zwiespältigen Situation. Auf der einen Seite wollten sie die Voraussetzungen für einen einigermaßen lohnenden Fang schaffen, andererseits waren sie bemüht, die noch vorhandenen Fischbestände zu schonen. Sie legten sich selbst strikte Begrenzungen auf, was das erlaubte Längenmaß der zu fangenden Fische und die Maschenweite ihrer Netze betraf. Sie verpflichteten sich - bei Strafandrohung -, keine Störe mehr zu fangen, die nicht mindestens 140 cm Länge aufwiesen. Es wurde beschlossen, kleinere Fische sofort wieder in Freiheit zu setzen. In ihrem Weitblick gingen die Fischer der Genossenschaft sogar noch einen großen Schritt weiter: - sie nutzten gefangene Laichstöre zur Zucht, und konnten auf diese Weise in den Jahren 1886 und 1891 über eine Million kleiner Störe in Glückstadt ausbrüten und aussetzen.

Leider konnten alle diese Bemühungen den Rückzug der Störe und den Raubfang an ihnen, weder in der bereits stark verschmutzten Elbe noch in ihren Nebenflüssen aufhalten. Auch eine Markierungsaktion bei eingefangenen Stören konnte letztlich den Niedergang der Störfischerei nicht aufhalten.

Die Fangergebnisse in der Stör waren bereits im Jahre 1907 mehr als deprimierend. Bei Wewelsfleth wurden noch ein Milchner, und bei Beidenfleth ein Rogner und fünf Milchner gefangen. - '...die früher lohnende Fischerei ist fast gänzlich eingegangen', hieß es dazu in einem Bericht der Fischereigenossenschaft.

Der letzte Einzelfang aus der Stör stammt aus dem Jahre 1932. Wir erinnern uns: - Von einem Hodorfer Fischer wurde damals ein fünfundsiebzig Pfund schwerer Stör gefangen.

Danach ist kein Störfang aus der Stör mehr bekannt geworden. Bedauerlicherweise, kann man dazu nur sagen. - Doch wir kennen die Ursachen dieser dramatischen Umweltkatastrophe und so bleibt unserer und den folgenden Generationen eigentlich nur der feste Vorsatz, es besser zu machen als unsere Altvorderen, aus ihren Fehlern zu lernen und neue Wege zu beschreiten. Anfänge wurden bereits gemacht, worauf wir an anderer Stelle noch eingehen werden. -

Der Stör ist bei uns verschwunden oder verschollen, wie es so schön umschrieben wird. Ist es dann ein Wunder, wenn aus jedem Einzelfang sofort eine medienwirksame story gebastelt wird, wie von dem spektakulären Störfang im Jahre 1993? - Unter der Schlagzeile 'Bonner Kantinenstör' wurde dieser Fang vor Helgoland bekannt. - Ein Mecklenburger Fischer fing diesen 2,85 Meter großen und 142,5 Kilogramm schweren Stör-Rogener und verkaufte ihn auf dem Cuxhavener Fischmarkt an einen Bonner Fischhändler. Zuletzt landete dieses unter Artenschutz stehende Naturdenkmal in der Kantine des Bonner Innenministeriums und wurde dort verspeist. Anhand der vom Koch geretteten Kopf-, Schwanz- und Hautreste konnten Zoologen des Alexander König-Museums in Bonn zweifelsfrei nachweisen, dass es ein Stör der Art Acipenser sturio gewesen war, der ein Alter von ca. 42 Jahren hatte. - Dieses verspeiste Exemplar hätte als lebender Laichstör die Basis für ein Wiedereinbürgerungsprogramm bilden können. -

Hoffentlich hat er den Damen und Herren des Ministeriums wenigstens geschmeckt.

*Nach dem, was wir bisher über diesen Fisch gelesen haben, bleibt eine ganz entscheidende Frage offen: - **Was machte unseren Stör so wertvoll, dass man ihn so unnachsichtig ausrottete?** - Diese Frage können wir uns nur ausreichend beantworten, wenn wir einmal die Störe in ihrer Gesamtheit* *betrachten. Keine Sorge, wir müssen dabei nicht in die zahlreichen Arten dieser Gattung Fisch abschweifen. Wir benötigen auch keine umfassenden anatomischen Kenntnisse. Es reicht vollkommen aus zu wissen, dass der Stör ein Knorpelfisch ist, als erwachsenes Tier keine Zähne hat und wir, wenn er auf dem Speiseplan steht, keine Gräten finden werden. Immerhin sind das schon einige Pluspunkte, die den Stör unter anderen Fischgerichten hervorheben. Die Frage nach seinem Wert wird trotzdem nicht beantwortet.*

*Das wertvollste am Stör ist sein Rogen, der **Kaviar**. Und diese Tatsache ist nicht erst seit der Blütezeit der Störfischerei bekannt. Zum ersten Male soll der Begriff 'Kaviar' in einer Abhandlung von Platina, Hofmeister des Papstes Pius II., im Jahre 1458 vorgekommen sein. Es ist schlecht vorstellbar, dass dieser hohe geistliche Herr den Störrogen nur gelangweilt betrachtet hat, ohne sich Gedanken über seine Herkunft zu machen.*

Sicher ist jedoch, dass Kaviar seit Jahrhunderten bekannt ist und als hochgeschätztes Genussmittel teuer bezahlt wurde. Für die gewerbsmäßige Herstellung dieser angeblichen Delikatesse kommen von den Stören insbesondere der Hausen, auch Beluga genannt, der Stör und Sternhausen in Betracht. Je nach Größe der Störart ist auch das Rogenkorn und dementsprechend das Kaviarkorn verschieden groß. Der grobkörnige silbergraue Kaviar vom Hausen ist heute noch am beliebtesten und wird am teuersten bezahlt.

Zur Herstellung des Kaviars wird nur Rogen verwandt, der schon ziemlich weit entwickelt ist, aber seine volle Reife noch nicht erlangt hat. Fängt man Rogener, bei denen der Laich bereits fließt, ist der Rogen zur Kaviarbereitung nicht mehr zu gebrauchen. Der Rogen wird auf Sieben durch vorsichtiges

Bürsten und Peitschen mit Ruten von Geweberesten befreit. Die durch das Sieb fallenden Eier werden mit einer genau berechneten Menge Trockensalz verrührt und sind bereits eine halbe Stunde nach der Entnahme aus den gefangenen Fischen genießbar.

Die verschiedenen Methoden der Kaviarherstellung wollen wir hier nicht besprechen. Aufgefallen ist uns jedoch der Zeitpunkt der Rogenentnahme beim erbeuteten Rogner. - Er soll seine vollständige Reife noch nicht erreicht haben. - Hier wurde also früher, und wird noch heute, mit grober Hand mitten in ein Entwicklungsstadium gegriffen und die Brut zahlloser Nachkömmlinge zerstört. Und das alles nur wegen einer speziellen Delikatesse, die nicht einmal zu den Grundnahrungsmitteln gehört.

Aus einem einzigen Fisch können, je nach seiner Größe, bis zu dreißig Kilogramm dieser Luxusspeise entnommen werden. Wenn man dann bedenkt, dass ein Kilogramm Beluga-Kaviar auf dem Markt bis zu 2500 EURO bringt, dann kann man sich auch   erklären, dass dieses die finanziell interessanteste Seite des Störfanges war und ist. Kaviar der russischen Produktion ist besonders beliebt und von einem normal verdienenden Mitteleuropäer kaum zu bezahlen. Das Kaspische Meer mit seinen Zuflüssen ist heute noch die ertragreichste Gegend für den Störfang und die Kaviarproduktion. - Wie lange noch? - Diese Frage ist berechtigt, denn es ist allgemein bekannt, dass die organisierte Kriminalität in Russland den Restbeständen des sibirischen Störs den Garaus macht. Wegen des Kaviars! - Der begehrte Luxusartikel wird den Stören dabei bei lebendigem Leibe 'entnommen'. Die verendeten Fischleiber werden ungenutzt liegen gelassen. - Eine grausame Methode, das 'Bedürfnis' reicher und neureicher Menschen zu befriedigen. - Mit den modernsten Fangmethoden wird dieser friedfertigen Kreatur ein qualvoller Tod bereitet. Der Stör steht am Rande seiner Existenz.

Bei diesem Horrorszenarium ist doch wohl die bescheidene Frage erlaubt, warum der Rest der Welt tatenlos zuschaut? - Es ist kaum zu glauben, aber die Weltstörfänge sind von 27,7 tausend Tonnen im Jahre 1982 auf etwa 700 Tonnen im Jahr 1999 zurückgegangen. Uns fällt es jedenfalls schwer zu begreifen, was mit einem gefangenen Stör weiterhin passiert.

Es hört sich fast unglaublich an, nachdem, was wir bisher erfahren haben; aber 30-60 Prozent des grätenlosen Fisches können verwertet werden. Das feste, schmackhafte Fleisch des Störs ist, kalt oder warm geräuchert, ein fettreiches Nahrungsmittel. Das erkannten bereits unsere Vorfahren. Im Mittelalter gehörte es zu den Privilegien der Herrscher und reichen Adligen, dass gefangene Störe ihnen als Speise überlassen wurden: - 'Schicket den Acipenser zu palatinischen Tischen, das ambrosische Mahl schmücke das seltne Gericht'. - Von reichen Gastgebern im alten Rom wurde der Stör schön ausgeschmückt und mit Blumen bekränzt auf die Tafel gebracht. - War das wohl eine poetische Vorübung für die heutige Sitte, Fische mit Petersilie zu garnieren? -

Aber auch in der jüngeren Vergangenheit galt das Fleisch unseres gemeinen Störs als delikate Speise. Es kam geräuchert, gekocht oder in Form von Fischkoteletten auf den Tisch. Diese Mahlzeit wurde im 19. Jahrhundert an der Westküste Schleswig-Holsteins und am Elbufer so oft serviert, dass sogar die Dienstmädchen protestierten, so wird jedenfalls erzählt. Die jungen Deerns verbaten sich vertraglich, mehr als zwei- bis dreimal wöchentlich Stör essen zu müssen. Das war in Norddeutschland allerdings nicht etwa ein Ausdruck dafür, *dass es sich beim Stör um etwas weniger Wertvolles handelte, sondern allein dafür, dass er zu oft auf dem Tisch erschien. - Und das ist ja auch verständlich. Dreimal in der Woche Fisch ist schließlich genau so einfallslos und wird einem überdrüssig wie dreimal wöchentlich Bratkartoffeln.*

Trotzdem einige Stör-Rezepte aus alter Zeit gefällig? - Hier sind sie:

Stör zu kochen.

'Ist der Stör geschlachtet und ausgeweidet, so legt man ihn, in ein Tuch eingeschlagen, 1-2 Tage im Keller auf einen Stein, weil sein Fleisch, frisch gekocht, zähe ist. Vor dem Gebrauch reibt man ihn einigemal mit Salz und Wasser ab, damit alles Schleimige entfernt wird, und schneidet ihn ja nach seiner Größe in 5-10 Teile. Man bringt ihn mit kaltem Wasser und einer Handvoll Brennesseln - diese befördern das Weichwerden und zugleich das Herausziehen des Thrans - aufs Feuer, und läßt ihn unter fortwährendem Schäumen ½ Stunde langsam ziehen. Dann legt man ihn in frisches kochendes Wasser, gibt etwa 6-10 Zwiebeln, einige Lorbeerblätter, 2 g Nelken, 8 g Pfefferkörner und ein Bund Thymian, Salbei und Majoran hinein und läßt ihn nochmals bis zu 1 Stunde ganz langsam kochen, während man alles Fett sorgfältig abnehmen muß. Erst wenn der Fisch weich ist, gibt man Salz dazu, läßt ihn zum Aufnehmen desselben noch eine Weile im Fischwasser liegen, nimmt ihn dann heraus, entfernt alle hervorstehenden Knorpeln, zerlegt die Stücke in kleinere Teile und gibt Butter und guten Senf oder eine Petersiliensauce dazu.'

Hat es Ihnen nicht geschmeckt? - Nein? - Dann versuchen Sie es damit:

Stör-Scheiben.
'Man nimmt hierzu das übriggebliebene Fleisch aus der Brühe, schneidet es in fingerdicke Scheiben, tunkt diese in Eier, Pfeffer und gehackte Schalotten, wälzt sie in gestoßenem Zwieback und bäckt sie in gelbbrauner Butter an beiden Seiten rasch hellbraun. Man gibt sie zu jungen Wurzeln (Möhren) oder allein mit in Butter braun gemachten Zwiebeln.'

Auch nicht? - Dann probieren Sie mal den

Stör auf Feinschmecker Art.
'Man zerschneidet ein etwa 2 kg schweres Stück Stör in Scheiben, spickt diese und belegt alsdann den Boden einer großen Kasserolle mit Speck-, Schinken-, Zwiebeln-, Möhren- und Petersilienwurzelscheiben. Hierauf legt man die Störscheiben, bestreut sie mit Salz, und begießt sie mit Kalbfleischbouillon, fügt dann 50 g Butter, ein Lorbeerblatt und einige Pfefferkörner an und bedeckt die Kasserolle mit einem Deckel, auf den man glühende Kohlen legt. Auf gelindem Feuer dämpft man den Fisch eine gute halbe Stunde. Nach dem Garsein der Fischscheiben gießt man die Brühe durch ein Sieb, verdickt sie mit gelber Mehlschwitze, fügt ein Glas Weißwein hinzu und gießt sie über die zierlich angerichteten Fischschnitten'.

Ohne Fleiß kein Preis! - Und, Vorsicht mit den glühenden Kohlen! - Ansonsten: - Recht guten Appetit! - Doch nun wieder zu unseren ernsthaften Betrachtungen über die Verwertung des Störs. Bei den zahlreichen Arten dieses Fisches wurden auch das Fett und die Knochen verarbeitet. Hausenblasenleim findet heute wieder bei der Restaurierung, Schwimmblasen von Stör, Hausen und Sterlett in der Tafelmalerei Anwendung. Doch wir wollen uns nicht zu sehr in Einzelheiten verlieren.

Um die Stör kennen zu lernen, haben wir einen gewaltigen Sprung bis zum Ende der Eiszeit gewagt. Wir haben den Fisch mit dem gleichen Namen vom Atlantik bis in sein Laichgebiet begleitet. Dann könnten wir uns doch eigentlich auch einen Ausflug in die Astrologie erlauben, denn auch dort werden wir einen Bekannten antreffen. - Einverstanden? - Also gut: - Wechseln wir die Kontinente, reisen nach Nordamerika und befassen uns einmal kurz mit der indianischen Astrologie der Erde, mit dem 'Medizinrad' des Medizinmannes Sun Bear und seiner Frau Wabun. - Sie werden staunen, wer uns dort begegnet:

<Im 'Mond der reifenden Beeren', das sind die Menschen, die zwischen dem 23. Juli und 22. August geboren wurden, stoßen wir völlig unerwartet auf den Stör. Das Totem, das Stammeszeichen dieser Menschen, ist der Granat und das Eisen im Reich der Mineralien, die Himbeere in der Pflanzenwelt und der Stör im Reich der Tiere. Mit diesen 'Stör-Menschen' wollen wir uns etwas näher befassen. - Versprochen: - Es wird richtig interessant!

Da Rot die Farbe der Stör-Menschen ist, wird die rote Spielart des Granats am häufigsten mit ihnen in Verbindung gebracht. Wie diese Mineralien findet man solche Menschen in vielfältigen Formen und Wesensmerkmalen wieder. Stör-Menschen werden als großmütig und zärtlich, ausgeglichen und von freundschaftlicher, wohlwollender Art hervorgehoben. Da sie sich häufig von ihrem Herzen lenken lassen, bezeichnet man sie auch als intuitive und scharfsichtige Leute, die - aktiv oder latent - hellseherische Fähigkeiten besitzen. Aufgrund dieser Talente sagen oder tun sie oft Dinge, die tief in die Herzen ihrer Freunde und Feinde eindringen. Stör-Menschen sind sowohl gute Freunde als auch beängstigende Feinde.> Erkennen Sie sich wieder? -

<Die Indianer sagen, dass Menschen dieses Mondes draufgängerische Wesen sind, die sich auf Pfade wagen, vor denen selbst Engel ängstlich zurückweichen würden. - Doch das ist noch nicht alles über die Stör-Menschen. - Sie sind verantwortungsvoll, wo andere versagen; mutig, vielseitig und haben vom Eisen eine gewisse Härte gegen sich und die Unbequemlichkeiten des Lebens. Dabei sind sie sehr empfindsam, wie sie auch die Gefühle anderer nachempfinden können. - Kurz und gut: - Stör-Menschen sind sowohl hervorstechende als auch beliebte Mitglieder der Menschenfamilie, obwohl sie leicht verletzlich sind und dieses gewöhnlich zu verbergen suchen. - Es ist also sehr vorteilhaft, wenn man in physischen oder psychischen Notzeiten einen solchen Menschen in seiner Nähe hat, da sein Mut ansteckend wirkt.

Das Totem-Tier dieser Menschen ist der Stör, der König der Fischwelt, wie ihn die Indianer zwischen den großen Seen Nordamerikas bezeichnen. Und damit sind wir bereits bei den Parallelen zu unserer Stör-Geschichte: - Auch die Indianer bezeichnen den Stör als einen urzeitlichen Fisch, der wahrscheinlich schon seit dem Verschwinden der Dinosaurier auf der Erde existiert. Je nach seinem Standort kommt er in verschiedenen Größen vor. Eine Länge von vier Metern und ein Gewicht von 150 Kilogramm sind nicht außergewöhnlich. - Sun Bear (Sonnenbär) macht hier eine lustige Beschreibung: - 'Der Körper des Störs ist zum Teil mit reihenförmig angeordneten, knochigen Platten überzogen, was ihm das Aussehen eines mittelalterlichen Ritters verleiht, der nicht genug Zeit hatte, seine Rüstung vollständig anzulegen.'>

Woher der Verfasser weiß, wie ein europäischer, mittelalterlicher Ritter aussah, wollen wir dahingestellt sein lassen. - Seine Beschreibung des Störs trifft jedenfalls in allen Einzelheiten zu. Von der rüsselartigen 'Schnauze', über die vier

Bartfäden bis hin zur Schwanzflosse mit den beiden ungleichen Lappen. Auch den knorpeligen Aufbau des Fisches, seine Gewohnheiten und Laichgebiete werden genau bezeichnet. -
Doch es kommt noch besser:
<Die Indianer, die früher das Gebiet um die Großen Seen bewohnten, betrachteten den Stör als König unter den Fischen. Ihre Überlieferungen besagen, dass ein Stör es war, der Hiawatha, einem Häuptling, den Kampf auf Leben und Tod lieferte. Der Fisch wurde in Lonfellow's 'Gesang des Hiawatha' für seine Taten, seinen Mut und sein kraftvolles Herz verewigt. Alle eingeborenen Völker zollten dem Stör ungeteilten Respekt. Innerhalb der Ojibwa-Nation gab es sogar einen Stör-Clan, der als lehrender Clan der Nation galt. Für dieses Volk repräsentierte der Stör geistige Tiefe und Kraft.>

Unglücklicherweise brachten die Europäer in den beiden vergangenen Jahrhunderten diesem Fisch nicht die gleiche Achtung entgegen wie diese Indianer. Unsere Vorfahren betrachteten den Stör zunächst als Plage, weil er sich häufig in ihren Fischnetzen verfing und diese beschädigte, bevor sie die Güte seines Fleisches und besonders den Wert des Kaviars erkannten und begannen den Fisch auszurotten. - Und damit befinden wir uns bereits wieder in heimatlichen Gefilden und bei den Problemen, die wir uns selbst eingebrockt haben.

*

Auf den letzten Seiten haben wir erfahren, dass der Stör ein vielseitig verwendbarer Fisch ist. Wir haben jedoch auch gesehen, wie mit diesem Meeresbewohner gewaltig Schindluder getrieben wurde. Unser gemeiner Stör wurde ebenso zu einem

'Störfall' wie unser Fluss. Es würde bedeuten, auf halbem Wege stehen zu bleiben, wenn wir an dieser Stelle unsere Betrachtungen über die Stör und den Stör beendeten.

Das 'gestörte' Verhältnis zum Fisch und Fluss erkannten bereits die Fischer der Unterelbe vor einhundertundvierzig Jahren. Wir erinnern uns, dass diese Männer sich bei Strafe verpflichteten, alle gefangenen Störe wieder ins Wasser zu setzen, wenn sie nicht ein bestimmtes Maß erreicht hatten. Auch andere Bemühungen, den gemeinen Stör in seinen Laichgebieten zu erhalten, wurden unternommen. Man versuchte, geeignete Flussstrecken zu Schongebieten zu machen, um dort die Fischerei während der Laichzeit zu unterbinden. Entweder scheiterten solche Versuche bereits im Ansatz, wegen komplizierter Fischereiberechtigungen, wie in der Eider, oder die ausgesetzten Störe wanderten aus und ließen sich nicht wieder blicken, weil ihnen das Revier nicht zusagte. - Verschmutzung?! - Etwas mehr Erfolg hatte die künstliche Aufzucht, die in den Jahren 1886 und 1891 an der Unterelbe in Glückstadt, und an der Stör bei Beidenfleth betrieben wurde. Dort waren Störaufzuchtstationen mit schwimmenden Brutkästen eingerichtet. Es gelang wiederholt, Tausende von Störeiern zu befruchten, von denen sich allerdings nur ein bescheidener Anteil zu Larven entwickelte und in der Elbe ausgesetzt wurde. Über die Weiterentwicklung der Brut, besonders über die Überlebensrate der Larven, herrscht jedoch Unklarheit.

Die künstliche Vermehrung war schon deshalb mit Schwierigkeiten verbunden, weil es kaum gelang, beide Geschlechter gleichzeitig im richtigen Reifezustand zur Verfügung zu haben. Leider sind alle Versuche dieser Art fehlgeschlagen, andernfalls würden wir uns heute kaum mit diesem Themenkreis befassen.

Erfreulich ist jedoch, dass sich nun wieder Menschen damit befassen, wie man unserer Stör zu altem Glanz verhelfen, und dem Fisch seine Daseinsberechtigung zurückgeben kann. - Darüber wollen wir uns selbstverständlich ebenfalls informieren.

Die Geschichte über die Stör und den Fisch mit dem gleichen Namen jetzt aus der Hand zu legen, wäre die falsche Entscheidung. Schließlich sind wir moderne Menschen und demzufolge an allem interessiert, was unserer Mutter Natur wieder auf die Sprünge hilft. - Wir alle, die wir uns mit diesem wichtigen Thema befassen, sollten uns bemühen, Möglichkeiten zu finden, wie sowohl dem Fisch als auch dem Fluss geholfen werden kann. Zum Glück gibt es dazu bereits einige Initiativen, die wir uns gern ansehen wollen, wenn Sie damit einverstanden sind.

*

Bereits Ende der 80er und Anfang der 90er Jahre gab es in der Bundesrepublik Bemühungen, den gemeinen Stör als Art zu erhalten und - auf weite Sicht - in seinen angestammten Gewässern anzusiedeln. Das Land Mecklenburg-Vorpommern war Vorreiter auf diesem Gebiet. Dort entwickelte 1992 das Institut für Fischerei der Landesforschungsanstalt für Landwirtschaft und Fischerei Aktivitäten zur Wiedereinbürgerung des Störs. Weil es jedoch die spezielle Art des Acipenser sturio nicht mehr gab, wurden zunächst Erfahrungen in Haltung und Aufzucht verschiedener anderer Störe gesammelt. Auch in Niedersachsen, Brandenburg und Schleswig-Holstein gibt es Bemühungen, sich auf unterschiedliche Weise dieser vom endgültigen Aussterben bedrohten Fischart anzunehmen.

Ein großes Hindernis bei den Kontakten zwischen Wissenschaftlern, Verbänden und Behörden bestand jedoch darin, dass eine koordinierende Basisorganisation fehlte. Ein weiteres Problem war, dass von den schutzbedürftigen Stören leider keine Elterntiere zur Verfügung standen. Die Grundlage für eine erfolgreiche Zusammenarbeit wurde am 1.7.1994 mit der Gründung der **Gesellschaft zur Rettung des Störs** *Acipenser sturio e.V. geschaffen. Ziel dieser Gesellschaft ist es, den ehemals bei uns heimischen Stör in seinen angestammten Gewässern wieder anzusiedeln. Eine Voraussetzung für dieses lobenswerte Ziel ist es, die noch in freier Wildbahn lebenden oder in Haltung befindlichen Störe für die künstliche Vermehrung zu nutzen. Mit diesen Tieren soll dann, auf lange Sicht, ein Laichbestand geschaffen werden, der wiederum Ausgang für eine sich selbst regenerierende Störpopulation sein könnte.*

Zugegeben, das liest sich alles sehr theoretisch. Doch ohne handfeste Zukunftsplanungen geht es nun einmal nicht. Sicher ist ebenfalls, dass es bis zum Erfolg noch ein sehr weiter Weg ist. - Einige Hürden müssen noch überwunden werden und es lohnt sich, dass wir uns die Ziele dieser Gesellschaft einmal näher ansehen: - Geeignete, vor allem geschützte Gewässer müssen gefunden, damit langfristige Voraussetzungen für eine natürliche Vermehrung und den Aufwuchs der Jungfische geschaffen werden. Die Oder und ihre Nebenflüsse wurden für eine Voruntersuchungsphase in den Jahren 1996-1998 als Pilotgewässer ausgewählt. Diese ehemals wichtigen Störgewässer weisen auch heute noch in einigen Bereichen für diesen Fisch eine ausreichende Wasserqualität und andere Vorbedingungen auf. Aber auch andere Flusssysteme sollen in diese Untersuchungen einbezogen werden, wie beispielsweise die Elbe mit ihren früher so bedeutenden Störflüssen Stör und Oste.

Das lässt uns doch hoffen! - *Wenn die Gesellschaft zur Rettung des Störs unseren heimatlichen Fluss als potentielles Gewässer für die Wiedereinbürgerung des Störs ins Auge gefasst hat, dann sollten wir Menschen an der Stör auf keinen Fall zurückstehen.* - *In den Jahren 2002 und 2003 werden die Wasserqualität der Stör, ihre Fischfauna und noch andere Komplexe untersucht, um ein Gesamtbild vom momentanen Zustand unseres Flusses zu bekommen. Es wird also ein Anfang gemacht. Und, da ein Anfang bekanntlich immer schwer ist, wird die Gesellschaft für jegliche Unterstützung dankbar sein. Für diese weitreichenden Ziele ist die Zusammenarbeit mit lokalen Gruppen und kompetenten Partnern ebenso notwendig wie der gute Kontakt zu den Behörden und fachlichen Einrichtungen. Unumgänglich ist auch die Einbindung der örtlichen Nutznießer an der Stör, weil nach einer Ansiedlung des Fisches Stör auch sein Schutz gewährleistet sein muss.*

Das alles wird von der Gesellschaft angestrebt und ihre Vertreter legen großen Wert auf eine vertrauensvolle gemeinsame Arbeit, in die auch die Bevölkerung durch ständige Information eingeschlossen wird. Anfänge hat es auch in Itzehoe bereits gegeben, wenn wir an den Dia-Vortrag von Herrn Dipl.-Biol. Spratte und die Artikel in der Norddeutschen Rundschau denken, in denen unter anderem die sinnige Frage gestellt wird, ob 'der Stör bald wieder in der Stör' heimisch sein wird.

Die Gesellschaft zur Rettung des Störs ist noch einen großen Schritt weiter gegangen: - Sie will sichergehen, dass Störfänge umgehend an sie gemeldet werden. Diese schnelle Information hat nur den einen Grund, dass nämlich ein gefangener Stör bis zum Eintreffen eines Fachmannes so gehalten wird, dass er möglichst keinen Schaden nimmt. - Für einen gefangenen gemeinen Stör wurde eine Prämie ausgesetzt, was fast zu einem ersten Erfolg geführt hätte:

Am 15. September 2000 machte ein Fischmeister in der Elbe bei Hoopte einen seltenen und ungewöhnlichen Fang. In seiner Aal-Reuse hatte sich ein Stör verfangen. Der gute Mann hatte jedoch keine Ahnung, um welche Art es sich bei seinem Fang handelte. Aber von der ausgesetzten Prämie hatte er schon gehört. Der Fischer benachrichtigte also sofort den Landessportfischerverband in Kiel. Der Transport in die Fischbrutanstalt Altmühlendorf bei Neumünster wurde organisiert. Dort nahm Herr Spratte als Fachmann die 'EDV-mäßige' Erfassung vor. - Der Stör hatte eine Körperlänge von 125 cm und wog etwas mehr als 13 kg. Wegen seiner Jugend blieb das Geschlecht noch im Unklaren. Für den Fischer kam jedoch alsbald die Ernüchterung. Es war nichts mit der Prämie, denn bei dem Gefangenen handelte es sich nicht um den gemeinen Stör, sondern um einen sibirischen Stör (Acipenser baeri). Der Mann hatte Pech, doch sein Fang gibt dennoch Anlass zur Hoffnung. - Immerhin wurde dieser Fisch beim Flusskilometer 599, also südöstlich von Hamburg, seiner Freiheit beraubt. Wenn sich das Tier sogar durch das Hamburger Hafengebiet gewagt hat, kann es um die Elbe und ihre Verschmutzung gar nicht mehr so schlecht bestellt sein. Jedenfalls wurde dieser sibirische Stör markiert, wie man das auch bei Hunden und Rennpferden tut, und erfreut sich heute noch in Altmühlendorf seines Lebens.

Wir wollen nicht unbescheiden sein, aber es ist eben doch nur ein sibirischer Stör und nicht der gemeine Stör, der dort in der Elbe aufgetaucht ist. Bis das so weit sein wird, dürfte noch eine ganze Reihe von Jahren verstreichen und selbst dann warnt der Biologe Spratte vor allzu großen Erwartungen. - In den schleswig-holsteinischen Gewässern sind in absehbarer Zeit keine natürlichen Laichgebiete und geeignete Störaufwuchsräume zu erkennen, sagt er. Weitere negative

Voraussetzungen für die Wiedereinbürgerung dieses Fisches sind auch in Zukunft eine zu frühe und überhöhte Abfischung der Jungstöre an Angelschnüren oder als Beifang der Wattenfischerei, ganz abgesehen von der natürlichen Sterblichkeit. Immerhin sind die aufgezogenen 'Trockenfutterstöre', wie der Fachmann sie nennt, in ihrer Trägheit eine leichte Beute auch für Raubvögel. Die größte Schwierigkeit, so der Biologe, besteht jedoch darin, geschlechtsreife Tiere des Acipenser sturio für den Aufbau eines Laichfischbestandes für die künstliche Nachzucht zu erhalten.

Diese Warnungen sind sicher gut gemeint und beruhen auf einer realistischen Einschätzung der derzeitigen Situation. Trotzdem sollten sie uns nicht entmutigen. Was unsere Vorfahren in hundert Jahren zerstört haben, können wir in einer Generation nicht ersetzen. Aber wir sollten doch zumindest den Grundstein dafür legen, dass sich unsere Kinder und Kindeskinder wieder an einem Fisch erfreuen, der seit undenklichen Zeiten in unserer Stör beheimatet war und den Namen dieses Flusses trägt.

*

Auch in Itzehoe sind Bestrebungen im Gange, den gemeinen Stör wieder in unser Gedächtnis zu rufen. Federführend ist bei diesen anspruchsvollen Bemühungen die Agenda 21. Diese Damen und Herren stört es gewaltig, dass der gemeine Stör von einem massenhaft vorkommenden Lebewesen vergangener Zeiten zu einzelnen Museumsexemplaren reduziert wurde.

Was tut die **Agenda 21** *und was erwartet sie von uns?* - *Diese Fragen hätten wir gerne beantwortet und haben deshalb um ein Interview gebeten, das wir im Folgenden wiedergeben:*

Autor:
Die Agenda 21 hat sich zum Ziel gesetzt, dabei zu helfen, den gemeinen Stör wieder in der Stör anzusiedeln. - Wie wollen Sie Kreis- und Stadtverwaltung für diese Aufgabe gewinnen?
Agenda 21:
Der Stadtverwaltung Itzehoe wurde am 11. Februar 2002 das Konzept 'Bedeutung des Fisches Stör (Acipenser sturio L.) für die Stadt' zugesandt. Das bezog sich jedoch nicht auf die Wiedereinbürgerung. Am 10. April 2002 wurde in einem Gespräch mit dem Bürgermeister der Stadt Itzehoe und einigen seiner Mitarbeiter versucht, das Konzept mit Leben zu erfüllen. Dabei wurde durch den Bürgermeister zum Ausdruck gebracht, dass die Zuständigkeit für Marketing und Werbung beim Stadtmanagement liegt. - In der Zwischenzeit hatte sich bereits eine Projektgruppe des Forums Itzehoe gebildet. Weitere Treffen und ein Vortrag sind in Arbeit. Arbeitstitel: - Ist Itzehoe eine unverwechselbare Stadt? - Es entwickelt sich eine enge Zusammenarbeit mit dem Stadtmarketing. Auch das Amt für ländliche Räume wurde informiert.
Autor:
Was haben Sie für Pläne, um die Bevölkerung für diese Aufgabe zu interessieren?
Agenda 21:
Die Veröffentlichung unseres Konzeptes ist ein erster Schritt gewesen. Mehrere Presseveröffentlichungen machten die Bevölkerung auf das Vorhaben aufmerksam. - Ein Rundfunkinterview hat es in der Sendung 'Forschung-Heute' vom NDR-Nord gegeben. - Ein Dia-Vortrag des Dipl. Biologen S. Spratte aus Kiel im Kreismuseum Itzehoe wurde sehr stark

besucht und diente dem Ziel der intensiven Beteiligung der Bürger. Hier wurde auch ein erster Entwurf des Logos für Itzehoe den Zuhörern und der Presse vorgestellt. - Zukünftig denken wir als erstes an eine Bewusstseinsstärkung in der Bevölkerung für diesen Fisch: - Schilder am Fluss gleichen Namens sollen im Rahmen der Ländlichen Strukturentwicklung auf die Deichwege und ihre unverwechselbaren Reize hinweisen. Hier ist die gute Anwendung eines Logos angebracht. - Ein in Fels gehauener Stör kann sehr gut die Verbindung zu der voreiszeitlichen Entwicklungsgeschichte des Störs darstellen. Die Suche nach geeignetem Material - ca. 3 Meter lang, Sponsoren und fähigen Künstlern hat bereits begonnen.

Autor:

Welche Mittel stehen Ihnen zur Verfügung?

Agenda:

Die Gruppe 'Nachhaltige Stadtentwicklung' in Itzehoe arbeitet im Rahmen der Agenda 21 ehrenamtlich. Die sich gebildete Projektgruppe des Stadtmanagements ebenfalls. Finanzielle Mittel sind von der Stadt Itzehoe zur Zeit auf Grund der Haushaltslage nicht zu erwarten. Unsere Hoffnungen liegen in dieser Hinsicht beim Stadtmanagement und bei Sponsoren. Für die Wiedereinbürgerung des Störs stehen über die Gesellschaft zur Rettung des Störs e.V. EU-Mittel zur Verfügung. - Versuche, Haushaltsmittel aus dem Bingo/Lotto zu erwirken, sollen angedacht werden.

Autor:

Es ist eine bedauernswerte, aber realistische Feststellung, dass in Itzehoe heute nichts mehr an die ehemalige bedeutsame und traditionelle Störfischerei in der Stör erinnert. - Wie stufen Sie diese berechtigte Kritik ein?

Agenda:
Kritik daran, dass heute nichts mehr an die ehemals bedeutsame Störfischerei erinnert, ist durchaus berechtigt und wird von uns sehr hoch eingestuft, wie die folgenden Beispiele belegen: Die Stör hat als Fluss mit ehemals großen Überschwemmungsgebieten in den harten Winterzeiten ein fortwährend **schlechtes Image** erzeugt. Die Nordsee und die gewaltigen Mengen an Oberflächenwasser aus den Geestgebieten Mittelholsteins erzeugten 30 Kilometer von der See entfernt Überschwemmungen großen Ausmaßes. Dies waren über Jahrhunderte hinweg **Negativmerkmale**. - Ausgangs des 18. Jahrhunderts erzeugte die fortschreitende Industrialisierung eine stetig zunehmende **Verschmutzung** der Stör. Die Lederindustrie, ungeklärte Fäkalien und die Landwirtschaft etc. machten die Stör zu einem der am stärksten belasteten Flüsse Deutschlands. - Davor war der Stör im Reichtum vorhanden. Dies wurde seit allen Zeiten als gegeben hingenommen, aber nicht als abbildungswürdig bildhaft dokumentiert. So geschah es, dass der aus der Stör bereits vertriebene Fisch in der Eider und Unterelbe sowie im Nordseewatt noch vorhanden war. Des rapiden Rückgangs wegen wurde er dort dann fleißig fotografiert und in der Presse erwähnt. In einer bereits begonnenen Veröffentlichung aus der jetzigen Zeit sollte die Stör als ehemalige Heimat des Störs keine Erwähnung mehr finden. - Durch die Recherchen der Arbeitsgruppe und die hartnäckige Verfolgung dieses Versäumnisses durch den Landesfischereiverband Schleswig-Holstein, allen voran des Herrn Diplombiologen Siegfried Spratte, Kiel, konnte bei der Gesellschaft zur Rettung des Störs e.V. die Berücksichtigung der Stör erwirkt werden. In 2002 und 2003 finden Untersuchungen in der Stör mit dem Ziel einer Wiedereinbürgerung statt. - Dies war ein erster Erfolg des Engagements, das mit begründeter Kritik diesen fatalen Fehler aufdeckte.

Autor:

Sind die Stadt Itzehoe und der Kreis Steinburg überhaupt an Ihrem Vorhaben interessiert und wie drückt sich dieses Interesse aus?

Agenda:

Bei der Besprechung mit dem Bürgermeister wurde durch ihn lediglich ein Interesse auf den Aktionsraum Stör hin bekundet. Ansonsten wurde das Stadtmanagement als für das Vorhaben zuständig benannt. Das direkte Interesse und eine unterstützende Haltung wurden nicht gezeigt. - Das Stadtmanagement ist aus touristischer Sicht interessiert und unterstützt das Vorhaben. - Da Itzehoe seit dem Zuschütten der Störschleife eine relativ identitätslose Stadt wurde, wird dem acipenser sturio, mit seiner 230 Millionen Jahre alten Abstammung, durch viele Bürger eine gute Chance als vielseitig prägende Identität zugesprochen.

Autor:

Welche Unterstützung erwarten Sie von den Gemeinden entlang der Stör?

Agenda:

Die Gemeinden entlang der Stör werden, so wie sie ehemals für Verschmutzung, Begradigungen, Uferanschüttungen, Zuschüttungen etc. mit verantwortlich waren, auch bei der Durchsetzung von Maßnahmen zur weiteren Verbesserung mit ins Boot geholt werden müssen. Wir leben alle zwar nicht mehr ausschließlich von dem Fluss, aber wir leben an seinen Ufern und somit mit ihm. - Die Schaffung von Störwanderwegen erfordert allein schon die Mitwirkung aller betroffenen Gemeinden. - Bei dem Versuch der Wiederansiedlung des Fisches wird die Einbindung der Gemeinden und Fischereiverbände erforderlich werden.

Autor:

Konnten Sie Geschäftsleute und Unternehmen, die in Itzehoe angesiedelt sind, für diese Aufgabenstellung gewinnen?

Agenda:
Die Geschäftswelt steht mit Annahme des Projektes hinter den Zielen der Projektgruppe. Die Mitgliedschaft in der Gesellschaft zur Rettung des Störs ist auch ein Zeichen der Verbundenheit mit diesem Problem. Das Interesse, welches der Projektgruppe von den Bürgern und der Geschäftswelt entgegengebracht wird, ist konstruktiv und ermutigend.

Autor:
Gedenken Sie die Medien in Ihre Arbeit einzubinden? - Wenn 'Ja', dann wie?

Agenda:
Die Medien sind eingebunden. Veröffentlichungen im Internet sind vorgesehen durch Berichte über Aktivitäten und durch Fortschreibung der Ergebnisse.

Autor:
Ich danke Ihnen für dieses Gespräch.

So, nun wissen wir also Bescheid. Wir haben die beiden Störe, den Fisch und den Fluss, kennen gelernt. Erfahren haben wir auch, dass Bemühungen im Gange sind, den gemeinen Stör wieder in unserer Stör anzusiedeln sowie Fisch und Fluss der Bevölkerung näher zu bringen. - Bleibt eine ganz wichtige Frage offen: - Was tun wir selbst? - Diese Frage muss sich jeder selbst beantworten. Vielleicht finden Sie auf den folgenden Seiten die richtige Antwort. - Keinesfalls sollte sich unsere Generation nachsagen lassen, dass wir es verschlafen haben, über die Beziehungen des Störs zur Stör auch nur nachzudenken! -

*   *   *

Bleibt zum Abschluss dieser Betrachtungen noch die übliche Zusammenfassung, allerdings auf eine unübliche Art und Weise:

Zusammengefasstes

S t ö r f e u e r !

*Gegen Ende des 19. Jahrhunderts zog eine **Störungsfront** über Norddeutschland. Dabei wurde die Ehe zwischen dem **Stör** und der **Stör** so heftig **gestört**, dass sich daraus zwei nahezu kriminelle **Störfälle** entwickelten. - **Verstört** sahen die Menschen zu, wie die **Stör**, langsam aber sicher, durch **störende** Chemikalien im wahrsten Sinne des Wortes **entstört** und die ganze **Störart** allmählich **zerstört** wurde. **Stör** und **Stör** waren so **störanfällig**, dass sich der **Stör störrisch** aus der **Stör** zurückzog, und der Mensch die **Stör** als **Störenfried** immer mehr verschmutzte. - Heute ist jedoch eine **Störaktion** im Gange, um alle diese **Störungen** zu beheben, die verzwickte Situation zu **entstören**, damit sich der **Stör** und die **Stör** zu einer neuen, **ungestörten**, also möglichst **störungsfreien** Beziehung vereinen. - Wir rufen allen denen zu, die es wissen müssen: - Bitte diese Ehe nicht **stören**! - Und damit*

Stör ahoi !!!

*   *   *

'Danke'
sage ich allen den freundlichen Menschen, die mir bei den Recherchen, künstlerischen und technischen Feinheiten zu diesem Buch geholfen haben. Sie mögen es mir nachsehen, wenn ich hier keine Namen aufzähle, sollten jedoch wissen, dass es mir eine Freude war, ihre Bekanntschaft zu machen. - Mein Dank gilt auch den Freunden, die mich unterstützt haben, sowie meiner lieben Frau für ihre Geduld. Bei den zahlreichen Interviewpartnern bedanke ich mich ebenfalls für ihre Hinweise und Anregungen, die diese Geschichte um den Stör und die Stör abrundeten.

H.A. Becker

Quellennachweise:

*Berichte und Mitteilungen des Museums vorgeschichtlicher
Altertümer in Kiel aus dem Jahre 1937*
Chronik Auufer
Chronik Bahrenfleth
Chronik Heiligenstedten
Chronik Münsterdorf
Chronik Wewelsfleth
Fischereiverein Glückstadt e.V. - 1887-1987
Geschichte der Stadt Itzehoe - 1960
Heimatbuch des Kreises Steinburg - 1925 - Band I-III
Kracht - Vortrag über die Entwicklung von Rosdorf
Mohr, Dr., Erna - Der Stör
Nachhaltige Stadtentwicklung in Itzehoe - Agenda 21 - Schrifttum
*Spratte - Vortrag - Der Stör, acipenser sturio L. - Fisch des
Jahres 2001*
Sun Bear & Wabum - Das Medizinrad
Stadtgeschichte Kellinghusen
*Verband Deutscher Sportfischer - Der Stör, acipenser sturio L. -
Fisch des Jahres 2001*

Die Gesellschaft zur Rettung des Störs (Acipenser sturio) e.V.

Der Stör

Die heute vorkommenden Störe stellen die Reste einer in frühen Erdperioden blühenden Fischordnung dar. Die frühesten Nachweise dieser Fische entstammen im Eozän, vor ca. 200 Millionen Jahren, angelegten Tonen aus Sheppy (MOHR 1952). Die heute lebenden ca. 27 Arten kommen ausschließlich auf der Nordhalbkugel vor. Zur Gattung Acipenser gehören die wirtschaftlich bedeutsamen Arten dieser Fischgruppe, die als großwüchsige Wanderfische den Großteil ihres Lebens im Meer verbringen und dann zur Fortpflanzung in die einmündenden Ströme ziehen.

Merkmale und Biologie

Herausragendes Merkmal der echten Störe ist die Bedeckung ihres langgestreckten Körpers mit fünf Reihen von Knochenplatten, von denen eine auf dem Rücken verläuft und jeweils zwei entlang der Seitenlinien und der Bauchkanten . Die Schwanzflosse der Störe erinnert an die der Haie. Das von wulstigen Lippen eingefasste zahnlose Maul ist wie ein Rüssel weit vorstülpbar. Vor dem Maul sind 4 Bartfäden angeordnet, die mit sensorischen Zellen für die Nahrungssuche ausgestattet sind.

Obwohl Störe über die gesamte nördliche Halbkugel verbreitet sind, ist es vielfach schon in Vergessenheit geraten, dass auch Westeuropa einmal die Heimat von Stören war. Der Gemeine Stör, Acipenser sturio, ist in der Vergangenheit in großer Zahl zum Laichen die Flüsse aufgestiegen. Wie alle Störe benötigt auch er eine relativ lange Zeit (10-20 Jahre) bis zur Reife.

Wenn die Tiere vom späten Frühjahr bis zum Sommer ihrem Fortpflanzungsgeschäft nachgehen, suchen sie grobkiesige, strömungsreiche Flussabschnitte auf. Die Rogner werden dabei von mehreren Milchnern begleitet. Die Weibchen können dann einige hunderttausend bis über 2 Millionen der klebrigen, dunkelbraunen bis fast schwarzen Eier ablegen. Die stark klebrige Hülle der Eier, hält sie an Kies und Steinen fest, wo die ersten Schritte der Embryonalentwicklung durchlaufen werden. Die geschlüpften Larven sind knapp einen Zentimeter lang. Sie können unter günstigen Bedingungen bis zum Ende des ersten Sommers eine Länge von ca. 20 cm erreichen. Die Dauer des Aufenthaltes der Jungtiere im Süßwasser ist lokal unterschiedlich. Je nach Verbreitungsgebiet ziehen die Tiere mit 1-4 Jahren ins Meer, wo sie bis zum Erreichen der Geschlechtsreife bleiben. Mit Einsetzen der Laichreife wandern die nun 1,5-1,8m langen Tiere zurück in die Flüsse, in denen sie geboren wurden. Störe laichen, wenn man sie lässt, mehrfach im Verlauf ihres Lebens. Bei Weibchen wird davon ausgegangen, dass sie alle 2-4 Jahre ablaichen können. Männchen nehmen, in Abhängigkeit vom Ernährungszustand, in 1-2 jährigen Zyklen an der Reproduktion Teil. Als Nahrung dienen den Adulti vor allem am Boden lebende Kleintiere wie Krebse, Würmer, Muscheln und Schnecken aber auch Kleinfische wie Grundeln und Sandaale.

Der europäische Stör erreicht ein Alter von über 60 Jahren und eine maximale Größe von mehr als 4m.

Warum ist der Stör für uns wichtig ?
Der Stör ist der größte Wanderfisch unserer Region. Er nutzt im Verlaufe seines Lebens viele verschiedene Lebensräume. Sein langer Generationszyklus, seine Größe und die Abhängigkeit von einer Vielzahl von Lebensräumen haben dazu beigetragen, dass seine Bestände schon früh durch Umweltveränderungen und die Fischerei dezimiert wurden.

Der Stör hat so die analoge Entwicklung anderer Wanderfischarten, wie Lachs, Meerforelle, Schnäpel, Maifisch und Finte, vorweggenommen. Aber auch typische Flussfische, wie die Barbe und die Nase waren von denselben Veränderungen betroffen.

Der Niedergang des Störs ist ein markantes Beispiel für Eingriffe des Menschen in die Lebensräume unserer Flüsse und somit auch ein Sinnbild für die Frage, wie ernst wir es mit unseren Anstrengungen nehmen, unseren Kindern eine möglichst intakte Umwelt zu hinterlassen. Alle Maßnahmen, die es dem Stör zukünftig wieder ermöglichen würden, in unseren Flüssen seine Kinderstube zu finden, wären auch Maßnahmen, die dem Ökosystem Fluss mit allen darin vorkommenden Pflanzen- und Tierarten - und damit letztlich auch uns Menschen - zu gute kommen würde.

Warum ist er ausgestorben ?

Hauptursachen für das Aussterben des Störs waren die starken Veränderungen, die an unseren Flüssen im Verlauf der letzten 150 Jahre vorgenommen wurden. Gewässerverbauungen zur durchgehenden Schiffbarmachung oder Stauregulierungen zum Hochwasserschutz, die notwendig wurden, weil den Flüssen die Auwälder und die Nebenarme genommen worden waren. Parallel wurden durch die sich immer stärker entwickelnde Industrie und die Bildung von Ballungsgebieten große Mengen an Abwasser ungereinigt in die Flüsse eingeleitet. So verkamen unsere einst fischreichen Flüsse zu Vorflutern und Industriekloaken. In Folge dieser Entwicklung kam es zum Niedergang bzw. zum Aussterben vieler Arten, die, wie auch der Stör, seit Jahrtausenden in ihrem Lebenszyklus an die Flüsse angepasst waren. Durch die Baggerungen und Verbauungen wurden dem Stör die Laichplätze genommen, durch die Verschmutzungen wurde es dem Nachwuchs fast unmöglich, sich zu entwickeln. Sauerstoffmangel und der Befall mit Schädlingen ließen die Zahl der Nachkommen stark zurückgehen. Zudem hatte der Stör noch das Pech, dass er ein begehrtes Objekt der Fischerei war, da er auf dem Markt gute Preise erzielte. Dies führte – ähnlich der heutigen Situation im Schwarzen und Kaspischen Meer – zu einer oft rücksichtslosen Fischerei auf diese Tiere. Und plötzlich – ganz überraschend für viele Nutzer und Beobachter – verschwand er! Innerhalb von nur 25-30 Jahren war der früher so gemeine Stör fast ausgestorben.

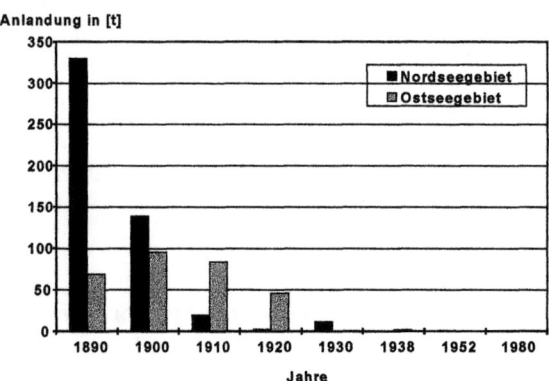

Abbildung
Rückgang der Störfänge im deutschen Nord- und Ostseegebiet

Was kann man für seine Rückkehr tun ?

Wenn wir den Stör wieder in unseren Flüssen und Küstengewässern etablieren wollen, müssen wir zunächst sein Überleben als Art sichern. Perspektivisch gilt es aber auch, seine natürliche Vermehrung zu ermöglichen. Nur bei nachweislicher natürlicher Reproduktion kann die Art hier wieder als heimisch gelten. Dies ist eine große und vielschichtige Aufgabe. Auf dem Weg dorthin müssen wir den Stör zunächst vor seinem endgültigen Aussterben bewahren. Dazu werden momentan an verschiedenen Einrichtungen Tiere unter kontrollierten

Bedingungen gehalten und aufgezogen, um Laichfischbestände aufzubauen. Aus diesen Elterntierbeständen können dann die Tiere hervorgehen, die für Besatzmaßnahmen in ehemalige Störflüsse genutzt werden können. Die anfänglich besetzten Tiere werden markiert, um Rückschlüsse auf ihr Wanderverhalten, ihre bevorzugten Futterplätze und ihre Überlebensrate zu ziehen. Nach dieser ersten experimentellen Phase des Besatzes, in der die Eignung des Gewässers für die Art untersucht wird, wird sich die zweite Phase eines intensiven Besatzes anschließen müssen. Bei Beginn des Besatzes muss sichergestellt sein, dass die Besatzmaßnahmen über 20 Jahre durchgeführt werden können, was entscheidend vom Elterntierbestand abhängt.

Dann kann in großen Stückzahlen besetzt werden, um trotz der zu erwartenden Verluste durch die Fischerei sicherzustellen, dass genügend Tiere heranwachsen, die in ihren Heimatfluss zurückkommen, um eine neue Generation auf ihren Lebensweg zu entlassen.

Verbesserungen der Wasserqualität, wie wir sie in den letzten Jahren in den großen Flüssen beobachten konnten, lassen die Hoffnung zu, dass bei Vorhandensein der notwendigen Rahmenbedingungen (saubere Kiesbänke, Futterhabitate für die Larven und Jungfische) erste Versuche zur Wiedereinbürgerung erfolgversprechend zu realisieren sind. Aber bis zu einer flächendeckenden Rückkehr sind noch viele Hindernisse zu überwinden. Staudämme sind zu umgehen, Strombaumaßnahmen sind nicht mehr nur nach dem Primat der Schifffahrt zu gestalten, sondern sollten auch der Sicherung und Vernetzung von Lebensräume dienen.

Was macht die Gesellschaft zur Rettung des Störs (GRS) ?

Gegründet 1994, setzt sich die GRS für die wissenschaftlich fundierte Wiedereinbürgerung des Europäischen Störs ein. Wissenschaftler, Fischzüchter und Naturschützer arbeiten bei *diesem ehrgeizigen Projekt Hand in Hand, unterstützt von internationalen Experten und Organisationen. Ziel ist eine Ansiedlung in den Einzugsgebieten der großen deutschen Flüsse. Begleitet von internationaler Kooperation sollen die Arbeiten zur Sicherung der Bestände dann auf angrenzende Gebiete ausgeweitet werden. Seit ihrer Gründung widmet sich die Gesellschaft zur Rettung des Störs der Planung und Koordination dieser Aufgabe.*

Seit 1996 werden im Rahmen eines vom Bundesamt für Naturschutz geförderten Vorhabens durch die Gesellschaft zur Rettung des Störs in Zusammenarbeit mit verschiedenen wissenschaftlichen Einrichtungen wichtige Voraussetzungen für eine erfolgreiche Wiedereinbürgerung dieser Art in Deutschland erarbeitet: Aufbau eines Elterntierbestandes, Untersuchungen zur Nahrungsökologie des Störs, Einfluss der Futterqualität auf Wachstum und Entwicklung der Störe, hormonelle Regelung der Geschlechtsreife, Untersuchungen zur artgerechten Gestaltung der Haltungsbedingungen, Untersuchung von potentiellen Lebensräumen für die Jungstadien des Störs, genetische Untersuchungen zur Einschätzung der Eignung verschiedener Populationen des Störs für Besatzmaßnahmen in Deutschland, Entwicklung alternativer Fangtechniken zur Minimierung des Beifanges an Stören in der kommerziellen Fischerei.

Wie kann ich helfen?

Für den Einzelnen gibt es vielfältige Möglichkeiten, uns bei dieser umfangreichen Aufgabe zu unterstützen. Am einfachsten und bequemsten ist dies mit Geld. Weniger einfach, aber dafür oft viel hilfreicher sind Aktivitäten vor Ort. Informationen zu sammeln, Kontakte zu schaffen, Wege zu bahnen und das Bewusstsein der Bevölkerung zu schärfen sind wichtige Grundlagen unseres Vorhabens, die sich nur vor Ort umsetzen lassen.